쓰면 는다

글쓰기 업그레이드 실천법

김서정 지음

동연

글쓰기
정답은
평생 글쓰기

이 책의 목적은 단 하나, 평생 글쓰기를 할 수 있는 마음의 근육을 만드는 것입니다. 그렇다면 왜 평생 글쓰기일까요?

4년 동안 카페와 도서관, 문화센터, 노인복지관, 신문사, 잡지사, 청소년 대안학교 등에서 글쓰기 수업을 했고, 몇몇 대학과 숲해설가 양성기관에서 스토리텔링 특강을 했습니다. 수강생들의 목표는 분명합니다. 글을 잘 쓰는 것입니다. 하지만 그 기준은 서로 다릅니다. 안개 같은 감정을 정확히 표현하고 싶은 분도 있고, 탁월한 묘사력을 갖고 싶은 분도 있고, 완벽한 논리로 설득력 강한 문장을 만들고 싶은 분도 있습니다. 어떻게 해야 가능할까요?

정답은 평생 글쓰기입니다. 매일 꾸준히 쓰는 것입니다. 너무 간단한 논리 아닙니까? 왜 이게 정답일까요?

저는 고등학교 때 처음 시를 쓰기 시작했습니다. 20대에 소설가가 되었고, 40대까지 글을 안 쓰다가 이후 산문작가가 되었습니다. 시나 소설을 쓸 때는 모델이 있었습니다. 기존의 유산들입니다. 틀을 익히기 위한 공부가 필요했습니다. 거기에 도달하지 못해 좌절했고, 삶이 피폐했습니다. 산문작가는 그렇지 않았습니다. 제 생각을 마음껏 길어 올렸습니다. 어려움이 닥칠 때마다 글쓰기로 순간을 이겨 나갔습니다. 차츰 글쓰기는 습관이 되었고, 삶을 추동시켜주는 훌륭한 툴(tool)이 되었습니다. 글쓰기에 새로운 관점이 부여되었습니다. 글쓰기가 곧 삶이었습니다.

우리 사는 지구에는 현재 8백만 생물 종(種)이 진화의 자연사를 만들어가고 있습니다. 진화는 뚜렷한 목적을 향해 나아가지 않습니다. 거대한 산꼭대기에 물을 쏟아 부으면 지표면과 상호작용하는 과정에서 만들어진 생물들이 자유롭게 표류하는 모습일 것입니다. 딱히 기준점이 없습니다. 따라서 형체를 갖고 움직이는 생물체들에게 우열을 매기지 못합니다. 모든 생물은 영문도 모른 채 이미 세팅된 생존 의지와 어디선가 틈입하는 불명확한 자유의지로 살아갈 뿐입니다. 즉 잘나고, 못나고 등의 분별은 없습니다.

글쓰기는 삶이라고 했습니다. 저마다의 삶에 고유성이 있듯이 글쓰기에도 개성이 있습니다. 그런데 우리는 잘 쓴 글, 못 쓴 글 등에 대한 평가를 하고, 그에 따른 신분 격차를 둡니다. 이는 부인할 수 없는 사회 제도 안에서의 일입니다. 바로 이 때문에 사람들은 글쓰기를 중간에 포기합니다. 누구에게도 없는 자기만의 개성을 느껴보기도 전에 글쓰기는 어렵다며 선(線)을 그어버립니다.

오랫동안 다양한 글을 썼고, 이를 나누는 글쓰기 강사로서 글쓰기에 대한 결론은 이렇습니다.

우리가 매일 부딪히는 사람 혹은 사물과 상호작용하는 과정에서 의미부여가 이루어집니다. 그 연결은 모두 언어입니다. 그 언어들이 어떻게 엮이느냐가 글쓰기입니다. 삶에 정답이 없듯이 글쓰기에도 정답이 없습니다. 죽을 때까지 살아야 하듯이 글쓰기도 그렇습니다. 그냥 쓰는 것입니다. 그러다 보면 우리 사회가 일정한 규칙을 적용해 만든 소설, 시, 칼럼, 수필, 기사, 논설문, 연설문, 보고서 등이 눈에 들어옵니다. 기법은 자연스레 알게 됩니다. 즉 상호작용하는 세상 모든 것을 언어로 의미부여하는 작업을 습관화하는 것이 가장 중요합니다.

이 책은 총 8강으로 되어 있습니다. 수강생들과 수업하는 마음으로 구성했습니다. 그래서 존칭어를 쓰고 있고, 수업 현장에서도 이 틀에서 크게 벗어나지 않을 것입니다.

이 책 사용법은 간단합니다. 교재를 읽어가면서 쓰라는 대목이 나오면 꼭 쓰면 됩니다. 제가 제안한 방식이 도움이 될 것 같지 않으면 자기만의 방식으로 자유롭게 쓰셔도 됩니다. 다만 꼭 쓰셔야 합니다.

제 글쓰기 수업은 이렇습니다. 수업 시간에도 쓰고, 과제도 해오는 것입니다. 그런데 글쓰기 수업을 하면서 당황했던 것은 모든 수강생이 과제를 잘 따라하지 못한다는 점입니다. 자발적으로 온 수업, 듣는 수업이 아니라 쓰는 수업인데도 말입니다. 사연들은 있습니다. 집에 가서 차분하게 쓰겠다, 일단 강의만 들어보고 나중에 천천히 쓰겠다, 글의 구성 원리만 들어도 만족한다 등등입니다. 하지만 단호하게 말했습니다. 백지에 무조건 써야 한다, 쓸 게 없으면 필사라도 꼭 하시라고 했습니다. 쓰고 안 쓰고의 차이는 어마어마하기 때문입니다.

반복하지만 글쓰기는 '쓰기'입니다. 쓰는 마음, 쓰는 몸을 만드는 데 도움이 되어드리겠습니다. 자, 출발합니다.

2019년 6월
김서정

차 례

1강

우리는
언어로
상호작용한다

안녕하십니까? 1강을 시작하겠습니다.

1강 주제는 '우리는 언어로 상호작용한다'입니다.

상호작용(相互作用)에 대한 사전적 정의를 보겠습니다.

"생물체(生物體) 부분(部分)들의 기능(機能) 사이나, 생물체(生物體)의 한 부분(部分)의 기능(機能)과 개체(個體)의 기능(機能) 사이에서 이루어지는 일정(一定)한 작용(作用)."

다른 정의를 보겠습니다.

"사람이 주어진 환경에서 다른 사람이나 사물과 서로 관계를 맺는 모든 과정과 방식."

무슨 말인지 대략 이해되시지요?

지금까지 해온 공부를 토대로 제가 이해한 상호작용에 대해 말해보겠습니다.

현재 과학자들이 밝힌 우주의 시작은 빅뱅입니다. 자발적인 것인지, 무엇과 무엇이 상호작용한 것인지 아직 명명백백하게 드러난 것은 없습니다. 하지만 이후 여러 입자들이 상호작용하면서 현재의 우리가 만들어진 것만은 분명합니다.

이 상호작용에는 크게 네 가지가 있습니다. 형태를 가지고 만나는 물리적 상호작용, 입자를 교환하면서 변화하는 화학적 상호작용, 개체 생장을 도모하는 생물학적 상호작용, 무형(無形)의 정신적 상호작용입니다. 이 상호작용의 중심은 내 몸입니다.

　그럼 최근 자신이 겪은 상호작용 가운데 '가장 인상 깊었던 장면'을 쓰기 바랍니다. 가급적이면 모든 글은 4줄 이상 쓰기 바랍니다. 나중에 찬찬히 말씀드리겠지만, 우리 몸에는 '기승전결' 혹은 '발단-전개-위기-결말'이라는 기본적인 이야기 구조가 내재되어 있습니다. 이 이론을 모른다고 하더라도 선생님들이 하시는 말과 글에 이미 유전적으로 흐른다는 것입니다. 그러니 꼭 4줄 이상 쓰셔야 합니다. 많이 쓰면 당연히 더 좋습니다.

　제가 질문을 하겠습니다.

　"선생님들과 선생님들이 글쓰기 대상으로 삼은 사람 혹은 사물 사이에 무엇이 있을까요?"

　언뜻 이해가 안 되면 선생님들이 이 책을 읽고 있는 주위를 살펴보시기 바랍니다. 사람 혹은 사물을 적어보시기 바랍니다.

　대상과 선생님들 사이에 무엇이 있나요? 공기, 바람, 사이, 공간, 관계 등등으로 말할 수 있지만, 제가 하고 싶은 말은 그 사이에는 '언어'가 있다는 것입니다.

　언어(言語)에 대한 사전적 정의를 보겠습니다.

　"생각, 느낌 따위를 나타내거나 전달하는 데에 쓰는 음성, 문자 따위의 수단. 또는 그 음성이나 문자 따위의 사회 관습적인 체계."

다시 말해 선생님들과 주위 사이에는 언어가 있습니다. '공기, 바람, 사이, 공간, 관계'도 다 언어입니다. 언어를 통하지 않고서는 우리는 주위와 상호작용한다고 말할 수 없습니다. 상호작용 없이 살 수 없는 게 지구의 생명체인데, 인간은 그 가운데에서도 '언어'라는 특별한 발명품으로 상호작용을 하며 개체 생장을 하고 있다는 것입니다.

왜
글쓰기가 힘든가

현재 우리가 인식하고 있는 언어는 크게 두 가지로 볼 수 있습니다. 동작언어와 비동작언어입니다.

동작언어는 모든 생명체가 가지고 있는 몸짓언어와 소리입니다. 개체들이 자신의 생존을 위해 주위와 상호작용하기 위한 본능입니다. 누가 말로 가르쳐주지 않아도 수십억 년의 진화 과정에서 체득된 유전자 조합입니다. 즉 세포 결합 구조가 같거나 비슷한 종(種)들은 비슷한 상황에서 비슷한 동작언어를 보여줍니다. 사람들의 경우 기쁠 때, 슬플 때, 화날 때 지구 어느 곳이든 얼굴 표정이나 목소리 톤이 같습니다.

비동작언어는 문자와 문자의 연결인 글이라고 말할 수 있습니다. 물론 문자와 글도 몸을 이용해 만들어내는 정신활동이지만, 곧바로 주위 생명체들과 상호작용하는 것은 아니기 때문에 비동작언어라고 정의할 수 있습니다.

글쓰기는 동작언어와 비동작언어로 상호작용하는 경험을 글로 표현하는 지적 정신활동입니다. '지적(知的)'이라는 수식어를 붙인 이유는 이렇습니다. 글을 쓰기 위해서는 대상에 대한 얼마만큼의 지식과 거기에서 비롯되는 감정이나 느낌 혹은 자신만의 이성적인 판단을 정확한 단어로 잘 연결시키는 능력이 필요합니다. 이 능력은 본능으로 우리 유전자에 쌓이고 있지만 누구나 잘 표출하기는 어렵습니다. 말하기가 보편화되었듯이 글쓰기가 보편화되려면 더 오랜 진화의 과정이 있어야 합니다.

인간 종(種)이 음성 언어를 사용한 시기는 대략 1만 년 전이고, 문자를 발명하고 이를 통해 소통을 시도한 시기는 대략 4천 년 전입니다. 하지만 산업혁명이 일어나기 전까지 대부분의 사람들은 글자를 몰랐습니다. 글쓰기는 소수의 전유물이었습니다. 글쓰기가 계급을 나누었습니다. 그러나 생산과 소비가 원활하게 운영되기 위한 시스템 구성을 위해 모두가 글자를 알아야 했습니다. 인간 종(種)들은 서로의 안락한 공존을 위해 쓰기와 읽기를 확산시켰습니다. 이러한 모습이 몇천 년 아니 몇백 년 흐르면 글쓰기 본능이 체계적으로 어느 분자에 각인되어 누구나 어렵지 않게 글을 쓸 수 있지 않을까 점쳐 봅니다.

하지만 지금은 머리에 쥐나지 않고 어떤 사안 혹은 어떤 대상에 대해 척척 글을 쓰기가 어렵습니다. 지난한 노력이 필요합니다. 그렇지만 의외로 간단할 수도 있습니다. 매일 꾸준히 쓰게 되면 우리 뇌에 글쓰기 시냅스가 그어지고 그것이 누적되면 누적될수록 부하를 덜 느끼며 글을 쓸 수 있습니다. 즉 어떻게 하면 글을 잘 쓸까 하는 생각은 접어두고, 우리 몸에 글쓰기 길을 닦는 것부터 시작해야 합니다.

그럼 다음 주제로 간단히 글을 써보겠습니다.

'나는 왜 글쓰기를 힘들어하는가?'

방금 쓴 내용을 다시 보시기 바랍니다. 글과 선생님들 사이에 뭐가 있나요? 언어라고요? 네, 맞습니다. 그런데 하나가 더 있습니다. 바로 '거리'입니다. 마음속 혹은

머릿속, 아니 그 어디에 어지러이 흐트러져 있는 모호한 덩어리들이 나름 질서정연하게 눈앞에 형태를 드러냈고, 그것을 관조하거나 사색할 수 있는 거리가 만들어졌습니다. 생각이 밖으로 드러난 물질화된 문장과 상호작용할 수 있게 되었습니다. 객관성이 부여된 문장을 보면서 변화를 도모할 수 있습니다. 즉 글쓰기가 힘든 다른 이유를 덧붙여나갈 수 있고, 더불어 그 대안을 스스로 모색해볼 수 있습니다.

왜 가능할까요? 생각을 글로 썼기 때문입니다. 지각이 시각을 통해 새로운 상호작용을 한다는 것입니다. 글로 쓰지 않고는 경험할 수 없는 정신활동입니다. 그래서 무조건 써야 다음 길이 보입니다. 글을 쓴다는 것은 몸에 각인된 생각의 물질들이 쏟아져 나오면서 다른 생각들이 들어차게 되는 과정입니다. 생각이 글로 나가는 길들이 계속 닦여지는 것입니다. 이것만이 우리 몸과 마음을 글쓰기에 익숙한 시스템으로 변화시킬 수 있습니다. 글을 잘 쓰게 하는 방법을 외우고 있는 것은 아무 의미가 없다는 말입니다.

우리는 현재 우리 몸과 마음을 모두 언어로 표현해낼 수 없습니다. 모든 동작언어를 비동작언어로 전환하려면 얼마나 더 긴 세월이 필요할지 모릅니다. 가깝든 멀든 우리 주위에 있는 사물이나 현상을 모두 언어로 연결 짓지 못하고 있습니다. 하지만 분명한 것은 우리는 언어로 세상과 상호작용한다는 점입니다. 세상의 근원이든 세상의 어떤 원리든 언어화시키는 작업은 우리가 소멸할 때까지 지속될 것입니다. 그것이 인간 종(種)의 유별난 특징입니다.

글쓰기가 힘든 이유, 이렇게 정리해 볼 수 있지 않을까요?

'우리는 아직 글쓰기에 익숙한 진화 단계에 놓여 있지 않다. 그래서 모두가 힘들다.'

위안이 되십니까? 실제로 그렇습니다. 그러니 주눅 들지 마시고 이제부터라도 매일 꾸준히 뭔가를 쓰기 바랍니다.

왜
매일 써야 하는가

매일 뭔가를 꾸준히 쓰라고 하는데 뭘 어떻게 써야 할까요? 상호작용하는 것들을 쓰면 됩니다. 매일 만나고 사유하는 것들, 전에 만났고 사유했던 것들, 앞으로 만날 예정이고 사유할 것들을 쓰면 됩니다. 너무 황당한가요? 그 많은 것들 가운데 무엇을 써야 할지, 그 무엇을 어떻게 써야 할지, 그것을 알려주는 게 글쓰기 수업 아닌가요, 라고 되묻겠지요? 하지만 그동안의 경험을 통해 자신 있게 말할 수 있습니다. A4 한 장 분량으로 10편 이상 글을 쓰면 과거, 현재, 미래가 거의 모두 쏟아집니다. 대단히 깊고 은밀하거나 밝히기 어려운 거리끼는 일이거나 감정의 폭이 너무 커 감당하기 벅찬 기억들이 켜켜이 문장으로 쌓이다 보면 글감, 글의 전개 방식, 표현 방법 등에 대한 이론들은 뒷전으로 밀려납니다.

그럼 무엇이 남을까요? 글쓰기에 대한 좌절과 포기 아니면 지속적으로 쓰겠다는 다짐입니다.

이는 무엇을 말하나요? 글쓰기가 선생님 삶으로 들어왔느냐, 아니면 선생님 삶과는 무관한 세계로 남느냐, 그 갈림길에서 하나를 선택했다는 것입니다. 분명 종잡을 수 없는 내적 욕구로 글쓰기를 붙잡았을 텐데 왜 이런 일이 나타날까요? 글쓰기를 중단한 선생님들은 생각을 글로 표현하기가 너무 힘들다는 것, 더 써봐야 잘 쓸 것 같지 않다는 나름의 판단 때문에 그렇게 했을 것입니다. 글쓰기가 삶에 밀착된 선생님들은 글쓰기가 열어준 새 삶에 여러 긍정적 의미를 부여했을 것입니다.

그렇다면 글쓰기 수업의 최종 목적은 무엇이 되어야 할까요? 평생 글쓰기를 할 수 있도록 동기부여를 끊임없이 해주는 것입니다. 그 글이 어떤 형태를 갖고 있든 사는 동안 상호작용하는 것들을 언어로 연결시키는 행위를 중단하지 말라고 등을 떠미는 것입니다. 글쓰기는 인간의 삶을 최고로 품위 있게 해주기 때문입니다. 흔히 우리는 "인간은 생각하는 동물"이라고 말합니다. 그 가운데 그 생각을 글쓰기로 표현하는 사람들, 분명 깊고도 넓은 삶을 삽니다.

그럼 이 대목에서 이런 질문을 할 수 있습니다. 글쓰기를 지속적으로 하는 사람들은 관련 일 때문이 아닐까요? 당연합니다. 우리는 글이 주축이 된 책, 잡지, 신문, 문건, 서류, 리포트, SNS, 인터넷 등과 상호작용하면서 세상도 알고 일도 해나갑니다. 이는 글 생산자가 있다는 거겠지요. 이들은 과연 누구일까요? 작가, 기자, 직장인, 학생, 일반인이라고 한다면 모두를 지칭하게 되는데, 선생님은 어디에 속하시나요?

먼저 작가를 보겠습니다. 쓰는 순간 작가라고 하지만 통념상 등단을 통해 작품 한두 권 가지고 있으면 작가로 호칭을 받습니다. 예술 장르가 아니라고 하더라도 산문집이나 교양서 혹은 전문적인 내용을 일반 대중용으로 펴내면 작가라고 불립니다. 이들은 왜 이런 행위를 할까요? 글을 써야만 살 것 같아서, 인정 욕구, 권력과 명예, 경제 활동 등등 여러 이유가 있겠지요.

다음으로 기자를 보겠습니다. 언론사에 몸담고 기사를 써내는 직업이 기자이지만, 요즘은 프리랜서 기자도 많이 있습니다. 특히 인터넷 매체의 등장으로 시민기자를 포함 기자 영역이 다채롭습니다.

마지막으로 직장인, 학생, 일반인을 묶어서 보겠습니다. 필요에 의해 생각을 글로 만들어내지만, 글쓰기에 친숙한 사람들로 분류하지 않습니다.

자, 선생님들은 어디에 속하십니까? 무엇을 위해 글쓰기를 시작하셨습니까? 무엇이 되고 싶습니까?

목적은 선생님들마다 다르겠지만, 제가 하고 싶은 말은 이렇습니다. 작가나 기자들의 글이 보기 좋은 이유는 간단합니다. A4 용지 10장에서 글쓰기를 멈추지 않고 계속 글을 썼다는 사실입니다. 그 과정에서 이렇게도 써보고 저렇게도 써보고, 퇴짜도 맞아보고, 칭찬도 받아보고, 모욕도 받아보고, 스스로 만족도 해보고 좌절도 해보고 등등 숱한 일을 겪으면서 글을 썼을 것입니다. 즉 일단 글을 내놓고 난 뒤 벌어진 상호작용을 통해 글이 다듬어졌다는 것입니다.

바로 이 점입니다. 그동안 언어로 연결시키지 못했던 삶을 최선을 다해 글쓰기로 내놓았는데, 그게 진짜 생각과 괴리가 있어 보입니다. 답답해 미칠 지경인데, 그 글을 본 다른 선생님들이 심드렁해합니다. 상호작용하는 과정이 괴롭습니다. 그냥 다 덮고 싶습니다. 관련 일이 없어 글쓰기를 하지 않아도 사는 데 지장이 없기 때문입니다.

이 글쓰기 장애를 어떻게 극복할 수 있을까요? 목적의식을 갖고 글쓰기를 꾸준히 하는 수밖에 없습니다. 목적의식은 글쓰기와 선생님이 상호작용하는 과정에 대해 어떤 의미부여를 할 것인가에 대한 정신활동입니다. 글쓰기가 삶에 좋은 에너지를 준다는 게 제 생각입니다. 다음으로 목표를 갖습니다. 삶의 기록물 한 권 남기는 것입니다. 삶이 아니라면 후대에 도움이 되는 매뉴얼에 가까운 전문 책 한 권 전해주는 것입니다. 무엇이 되었든 글쓰기가 이어지는 계획을 글로 선언하는 게 필요합니다.

'나는 글쓰기를 통해 무엇을 남기려는가?'라는 주제로 글을 쓰십시오.

_____

_____

_____

_____

꾸준한 글쓰기는 어떻게 가능한가

반드시 자타가 공인하는 작가 타이틀을 거머쥐겠다거나, 작가가 된 이상 대성공을 하겠다거나, 월급 받기 위해 기사를 써야만 하거나, 또 역시 월급 받기 위해 보고서를 써야만 하거나, 감사 쓰기 등 특정 신념을 지속적으로 실천하거나, 일기가 습관이 된 경우가 아니면 실제로 꾸준한 글쓰기는 어렵습니다. 우리의 모든 행위는 상호작용이며 그 궁극은 안전한 생존에 있는데, 글쓰기는 아직까지 생존의 필수조건이 아니라는 판단 때문입니다. 사람마다 다르지만 최적의 생존 환경 확보를 위해서는 글쓰기라는 정신활동보다 돈 버는 물질활동에 집중하는 게 더 나아 보이는 것 또한 사실이니까요.

　그렇다면 꾸준한 글쓰기는 어떻게 해야 가능할까요? 끊임없이 질문을 던져야 합니다. 세상의 근원과 작동원리 그리고 자신의 존재 이유에 대한 성찰을 언어로 매일 매일 길어 올려야 합니다. 독서로 질문을 해소하지 않고, 생각에 그치지 않고, 자신의 언어로 연결된 글쓰기를 통해 답을 찾아가야 합니다. 거기서 희열을 맛보아야 합니다. 성장하고 있다는 느낌을 받아야 합니다. 삶이 괜찮아지고 있다는 인상을 가져야 합니다. 그래야만 글쓰기가 지속될 수 있습니다.

　그럼 일반 글쓰기와 질문 글쓰기의 차이를 통해 질문 글쓰기가 왜 의미가 있는지 살펴보겠습니다.

　잠깐 상상해보시겠습니다. 봄여름가을겨울, 어느 계절을 선택해도 괜찮습니다. 하늘에 구름이 꼈습니다. 하늘과 구름과 선생님이 상호작용한 것 가운데 가장 인상 깊었던 기억을 쓰기 바랍니다.

_____

_____

_____

_____

　이번에는 제가 주제를 정해주겠습니다.
　'하늘은 왜 파랗고, 구름은 왜 하얀가?'

_____

_____

두 글에 차이가 있겠지요? 선생님의 기억에 있는 하늘과 구름에 대한 글은 서술(敍述) 혹은 기술(記述)이 되고, 질문에 대한 답글은 설명(說明)이 됩니다. 하나는 감정과 정서가 깊게 들어간 산문이 되고, 하나는 지식과 논리가 주를 이루는 딱딱한 글이 됩니다. 어느 글이 더 마음에 드십니까? 관심 분야별로 다르겠지만, 보통 우리는 서술된 글을 글쓰기 분야로 봅니다. 설명글은 전문가의 영역이라고 여깁니다. 비전문가들은 이 부분에 대해 몰라도 된다고 말합니다. 즉 하늘이나 구름의 근원과 그들이 상호작용하는 것에 대해 질문을 하지 않아도 글쓰기가 가능하다는 것입니다. 굳이 그러지 않아도 여러 채널을 통해 입수된 기본 지식이 있다고 여기기 때문입니다.

소설이나 수필을 쓴다고 합시다. 사물이 주인공인 경우도 있지만 대개는 사람이 주요 등장인물이 됩니다. 그 사람에게는 기본 존재 조건이 있습니다. 시간과 공간입니다. 시간을 순서적으로 쓰는 게 서술이고, 공간을 정지시켜 쓰는 게 묘사입니다. 과거, 현재, 미래라는 시간을 적절히 뒤바꾸어 쓰는 것을 플롯이라 하고, 공간에서 전경과 배경이 맥락에 따라 바뀌는 것을 초점화라고 합니다.

여기서 말하는 시간과 공간에 대해 혹 질문을 던져보신 적 있으십니까? 이 또한 여러 채널을 통해 상식화되어 있어 굳이 질문을 던지지 않아도 충분히 기술될 수 있다고 여기십니까? 그럴 수도 있지만 저는 이렇게 말하고 싶습니다. 우리는 매 순간 순간 시간과 공간이 만들어내고 있는 물질 및 에너지와 상호작용을 하고 있고, 거기서 매 순간 순간 변화가 일어나고 있기 때문에 우리와 함께 가고 있는 주위의 것들에 대해 질문을 던져야 한다고 말입니다. 그것들을 더 깊이 알면 알수록 반사적으로 자신의 존재 이유를 더 잘 표현할 수 있다고 말입니다. 질문의 영역을 확대하고 그 깊이를 최소 분자식(分子式) 단위까지 갈 궁금증이 없으면 지속적인 글쓰기는 힘들다는 말입니다.

왜 이렇게 말할까요? 인간 종(種)의 가장 큰 특징은 질문을 하는 행위이고, 그 질문과 답을 글로 기록해 놓았기 때문에 현재의 문명을 일굴 수 있었습니다. 즉 질문이 글쓰기를 지속 발전시켰다는 것입니다. 특히 고전이라고 불리는 책들은 누구도 하지 못했던 질문들로 가득합니다. 말끔한 해답을 내놓은 책이 아니라는 것입니다.

보통 우리는 질문을 던질 수는 있어도 그것을 글로 표현하기 어려워합니다. 그 가운데 도저히 가늠이 안 되는 감정들의 경우 더더욱 난처해합니다. 그래서 모호한 감정의 세계를 거울처럼 낱낱이 재현해놓은 책들을 보면 강한 카타르시스를 느끼며 탄복해합니다.

여기서 우리는 분명히 알 수 있습니다. 감정이든 상황이든 주위의 것들이든 그 모든 현상의 이면에 깃들어 있을 법한 본질을 찾는 질문을 꾸준히 하는 사람만이 괜찮은 글을 남길 수 있다는 것 말입니다. 글쓰기 방법으로 지칭할 수 있는 서술, 기술, 묘사, 설명, 플롯, 초점화 등에 대한 습득보다도 궁극을 궁금해하는 질문 던지기가 글쓰기에서 더욱 필요하다는 것입니다.

그럼 하늘과 구름과 상호작용한 인상 깊은 장면에 대한 글을 이렇게 시작해볼 것을 권유합니다.

'그때 왜 하늘이 슬퍼 보였을까?'

어떤 내용이든 먼저 질문을 만든 다음 다시 글을 써보시기 바랍니다.

_____

_____

_____

_____

질문 글쓰기라고 해서 질문을 던져놓고 글을 쓰라는 것은 절대 아닙니다. 어떤 글감을 선택하느냐가 중요한 게 아니라 왜 굳이 그걸 선택하느냐에 대한 질문이 있어야 한다는 것입니다. 그 질문에는 정말 그 내용을 깊게 알고 싶다는 간절함이 있어야 합니다. 그래야만 꾸준한 글쓰기가 가능합니다. 왜냐고요? 우리 삶과 우리를 시공간에 존재시키는 우주에 대한 정확한 설명은 여전히 해낼 수 없기 때문입니다. 이를 알려면 질문 방식도 서술 방식도 기존과 달라야 합니다. 즉 기존에 정해놓은 틀이 정답이 아닙니다. 우리는 그 어떤 기준도 가지고 있지 않습니다. 이를 명확히 인지해야만 강한 멘탈로 꾸준한 글쓰기가 가능하고, 그렇게 자꾸 쓰다 보면 자신의 생각을 정확한 문장으로 만들 수 있습니다. 그 핵심은 질문하기입니다.

질문이
글쓰기 실력을 늘린다

왜 질문이 글쓰기 실력을 늘린다고 말할 수 있을까요? 경험을 말씀드리겠습니다.

1970~80년대 초중고대를 나온 저와 같은 세대의 글쓰기는 대부분 과제 글쓰기였습니다. 일기도 검사를 맡아야 하는 숙제였고, 중고등학교 때 쓴 독후감도 마찬가지였고, 대학교 때 쓴 리포트도 역시 과제였습니다. 스스로 던진 질문에 대한 글쓰기가 거의 없었습니다. 그런데 작가가 목표가 아닌 이상 이것 말고 딱히 글을 쓸 기회가 없는 게 우리의 현실이었습니다. 즉 뇌에 자발적으로 행하는 글쓰기 길을 만들지 못했다는 것입니다.

고등학교 때 시를 썼습니다. 인천시 대회에 나가 상도 받아 우쭐했습니다. 대학교 때는 글을 쓸 여건이 안 되어 그냥 보냈다가 사회에 나가자마자 소설을 썼습니다. 스물여섯 살에 운 좋게도 전태일문학상을 받게 되어 소설가 타이틀이 생겼습니다. 곧바로 장편소설도 한 권 내는 행운이 있었지만, 이후 글을 쓰지 않았습니다. 문학이란 예술이 버거웠기 때문이었습니다.

40대부터 프리랜서 생활을 하면서 산행을 자주 했습니다. 그 과정에서 산문집 3권을 냈습니다. 그것이 가능했던 이유는 매일 제게 질문을 던졌기 때문이었습니다.

'나는 누구인가?'

왜 이런 질문을 던졌을까요? 그 전에 선생님들이 직접 이 질문에 대해 글을 써보시기 바랍니다.

'나는 누구인가?'라는 질문을 던진 이유는 이렇습니다. 왜 나는 이 모양 이 꼴로 사는지 한심했기 때문이었습니다. 즉 사회와 상호작용하는 제 자신에 대한 자책과 절망을 그럴듯하게 이겨낼 수 있는 방편으로 철학적 사색을 사용한 것입니다.

이 버릇은 고등학교 때부터 갖고 있었습니다. 중학교 때 성적만 보면 스카이대학에 가 좋은 직장을 잡고 넉넉한 생활을 할 수 있었습니다. 그런데 고등학교 성적이 좋지 않았습니다. 수학, 과학, 생물 들이 너무 어려웠습니다. 시간을 할애해 공부를 하는데도 실력이 붙지 않았습니다. 가난한 집안을 일으킬 대들보가 추락하면서 붙잡은 게 글쓰기와 근원에 대한 질문이었습니다. 물질에 얽매이지 말고 순수한 영혼을 가져야 한다는 생각도 강하게 가졌습니다. 그 안에서 위안을 찾으며 삶을 이어갔습니다. 나름 만족했던 것 같습니다.

삶이 힘들 때마다 행하는 이 버릇에 경종을 울린 사건이 있었습니다. 등산 도중 다리가 골절되어 움직이지 못할 때 죽음을 염두에 두면서 그동안 천착해온 질문을 다시 던져 보았습니다.

'나는 어디서 왔다가 어디로 가는가?'

이 주제에 대해 또 직접 써보시기 바랍니다.

_____

_____

_____

_____

　늦가을 냉기에 몸이 오그라들면서도 열심히 질문에 대한 답을 떠올렸지만, 가족 얼굴만 아른거릴 뿐 아무 생각을 하지 못했습니다. 헛살았다는 무게에 짓눌렸습니다. 다행히 그곳을 지나는 등산객 덕분에 구조가 된 뒤 세상의 근원을 알겠다는 각오로 절실히 질문을 다시 하기 시작했습니다.

　'나를 둘러싼 세상은 어떻게 만들어졌는가?'

　이 질문에 대해서도 직접 써보시기 바랍니다.

_____

_____

_____

_____

　매일 매일 새로운 질문을 하고는 그걸 글로 쓰다 보니 또 새로운 사실을 알게 되었습니다. 질문을 하면 할수록 뭘 모르는지 잘 알게 되고, 그러면 또 다른 질문이 나오게 된다는 것이었습니다. 이 과정이 매일 글쓰기를 하게 만들었습니다.

　질문 내용은 선생님들마다 다를 것입니다. 근본에 대한 질문부터 현재 생활에서 부딪치는 문제의 원인까지 각양각색일 것입니다. 질문을 하는 것, 그 해답 혹은 대안을 찾는 것, 아니 그저 고민만 하는 것, 이것이 다 무엇으로 이루어져 있다고요? 네,

언어입니다. 이는 달리 말해 질문이 멈춘다는 것은 그만큼 언어 사용이 줄고, 그것은 바로 글쓰기 중단을 가져옵니다.

질문을 하고 그걸 글로 쓰고, 그러면서 글의 양(量)이 늘어나게 되면 글의 질(質)도 자연스레 좋아집니다. 양질전환의 법칙이 작동되는 것입니다.

글을 잘 쓰기 위한 질문

어떻게 해야 질문을 끊임없이 할 수 있을까요? 왜 질문을 해야 하는 걸까요? 글을 잘 쓰기 위한 질문이 따로 있나요?

하나씩 직접 써보시겠습니다.

'질문이란 무엇이고 왜 해야 하는가?'

_____

_____

_____

_____

'글을 잘 쓰기 위한 질문으로 무엇이 있을까?'

_____

_____

_____

_____

제 질문에 대한 답을 글로 쓰기 힘드시죠? 당연합니다. 자신이 던진 질문이 아니기 때문입니다. 그럼 이 대목에서 선생님들이 평소 알고 싶었던 질문 하나를 직접 써보시고, 그에 대한 생각을 써보시기 바랍니다.

질문 :
_____

대답 :
_____

_____

_____

_____

이제부터 제가 던진 질문에 제 생각을 달아보겠습니다.

'어떻게 해야 질문을 끊임없이 할 수 있을까요?'

사실 우리는 매 순간 질문을 하고 있습니다. 바로 자신에게 던지는 질문입니다. 질문의 내용은 소소한 것부터 덩치가 큰 것까지 간극이 커 보이지만, 의미는 대동소이합니다. 무슨 질문들이 있을까요? '짜장면을 먹을까, 짬뽕을 먹을까'부터 '만나야 하나, 헤어져야 하나' 또는 '돈을 빌려줘야 하나, 말아야 하나'까지 어떤 선택 직전에 질문을 합니다. 이런 질문에 스스로 결정을 내릴 수 있으면 괜찮은데 여의치 않으면 누군가에게 의견을 묻는 질문을 합니다. 즉 우리는 언어로 된 질문을 가지고 상호작용하고 매 순간의 삶을 이어가고 있다는 것입니다.

이처럼 일상에서 진행되는 질문은 모든 영역에서 이루어지고 있습니다. 학교, 기업, 조직, 사회 등등에서 행해지는 교육 현장을 떠올리면 금방 이해가 되실 겁니다. 너무 질문이 없으면 교육자가 질문을 하라고 주문하기도 합니다. 질의응답만큼 좋은 교육은 없기 때문입니다.

'어떻게 해야 질문을 끊임없이 할 수 있을까요?'에 대한 제 생각은 이렇습니다. 질문은 무의식 영역에서 자동적으로 이루어지는 것인데, 이때 중요한 것은 질문의 내용을 자각하고 있어야 한다는 것입니다. 그래야 다음 질문이 더 깊게 만들어질 수 있기 때문입니다.

다음은 '왜 질문을 해야 하는 걸까요?'에 대한 제 생각입니다. 언어로 하는 질문은 생각을 체계적으로 만들어줍니다. 사건이나 사안에 대한 상황 파악이 용이해지고, 거기에 얽혀 있는 사람들의 감정 분석도 접근 가능합니다. 질문을 한 상태에서 접근 하는 것과 그렇지 않은 상태에서 문제를 보는 것은 많은 차이를 가지고 있습니다. 질문하는 것 자체가 이미 해결점에 다다르겠다는 의지 표명이기 때문입니다. 질문에 대한 사전적 정의는 "질문(質問)은 의문(疑問)이나 이유(理由)를 캐물음"이라고 되어 있습니다. 모든 글은 의문이나 이유에 대한 답변입니다. 따라서 질문 없는 글은 절대 우리를 만족시키는 글이 될 수 없습니다.

마지막으로 '글을 잘 쓰기 위한 질문이 따로 있나요?'에 대한 제 생각입니다. 숱하게 많지만 네 가지만 말씀드리겠습니다.

가장 먼저 '나는 왜 글을 쓰고 있는가?'입니다. 무엇을 얻기 위해서인지, 글을 쓰지 않으면 힘들어서인지, 글쓰기가 좋은지 등등에 대한 자문자답을 수시로 해야 합니다.

다음으로 '글쓰기 대상을 잘 알고 있는가?'입니다. 사람이든 사물이든 상호작용하는 그 대상과 상황에 대한 지식과 정보 그리고 선생님의 감정이입 정도가 어떤 상태인지 이 역시 수시로 물어야 합니다.

그 다음으로 '무엇을 어떻게 잘 덜어 낼까?'입니다. 초고를 쓴 다음 양을 줄여보는 것입니다. 글쓰기 고수들이 하는 공통의 말입니다. 초고를 A4로 석 장을 썼다면 본래 의미를 벗어나지 않는 선에서 한 장으로 만드는 것입니다. 어찌 보면 이 방법이 글쓰기 절대 원칙인지도 모릅니다. 그 나머지는 다 글쓰기 기술에 대한 부수적인 설명입니다. 글쓰기 수업은 모르는 것을 알려주는 지식 전달 수업도 아니고, 특정 기술을 알려주는 직업훈련원 수업도 아닙니다. 많이 쓰고 많이 읽게 하면 됩니다. 즉 스스로 모든 것을 터득해가야 합니다. 글자만 알면 글쓰기는 누구나 곧바로 행할 수 있는 삶의 한 부분일 뿐이기 때문입니다. 그 누군가의 삶에서 무엇을 빼고 무엇을 넣으라고 간섭할 수는 없습니다. 의미부여에 따른 선택의 폭을 스스로 줄여가는 작업, 이것만 명심하고 또 명심하면서 실천하면 선생님의 글은 나날이 좋아질 수 있습니다.

마지막으로 글을 쓰는 선생님에 대한 존재론적 질문인 '나는 누구인가'입니다. '나는 무엇인가?', '나는 어떻게 해야 하나?'도 좋습니다. 영역을 넓혀 '나는 누구이고, 나를 둘러싼 세상은 무엇인가?'도 괜찮습니다. 좀더 넓혀 '나는 세상과 어떻게 상호작용하는가?'까지 이르면 금상첨화입니다. 그 상호작용의 연결고리는 바로 언어라는 것, 이것을 늘 인지하면서 사고해나가면 선생님의 글쓰기는 평생 글쓰기로 이어질 것이고, 그러면 자연스레 소통이 잘 되고 공감까지 불러일으키는 좋은 글이 나오게 될 것입니다.

1강을 마치겠습니다. 감사합니다.

2장

우리는
언어로
의미부여한다

반갑습니다. 2강을 시작하겠습니다.

2강 주제는 '우리는 언어로 의미부여한다'입니다.

의미(意味)에 대한 사전적 정의는 "말이나 글이 지니는 뜻, 내용(內容). 또 그 의도(意圖), 동기(動機), 이유(理由) 따위"와 "사물이나 현상의 가치"로 되어 있습니다. 부여(附與)에 대한 사전적 정의는 "지니거나 갖도록 해 줌"입니다.

의미부여에 대한 제 생각을 말씀드리기 전에 사전적 정의를 자주 하는 이유에 대해 간단히 말씀드리겠습니다.

글쓰기에 재미를 붙이려면 풍부한 어휘력을 가지고 있어야 합니다. 많이 읽고, 많이 써야만 갖출 수 있는 어휘력을 단기간에 습득할 수 있는 방법은 국어사전 찾아보기입니다.

본격적으로 소설을 써야겠다고 결심한 날 거금을 주고 국어사전을 샀습니다. 토속어를 잘 알아야겠다는 생각에 농사일 거들고 받은 돈으로 《우리말갈래사전》을 구입했습니다. 그 사전들이 닳고 닳도록 단어 여행을 했습니다. 목적은 단 하나, 상황에 맞는 가장 적합한 단어를 찾기 위해서였습니다. 그러면서 유의어, 반의어 등을 확인했습니다. 자연스레 어휘력이 길러지면서 사물 혹은 현상을 이해하는 폭이 넓어졌습니다. 거기에 들어맞을 것 같은 단어를 여러 개 떠올릴 수 있었기 때문이었습니다. 그 과정이 지루하지 않았습니다. 어떤 단어를 쓰느냐에 따라 사물 혹은 현상은 바로바로 그 의미가 틀려졌기 때문이었습니다. 그때 얻은 가장 큰 깨달음은 언어를 많이 알면 알수록 관점은 언제든지 바뀔 수 있다는 것이었습니다.

지금은 인터넷에서 국어사전을 사용할 수 있습니다. 얼마만큼의 관심을 가지고 있느냐에 따라 무한정 검색을 해나갈 수 있습니다. 그러면서 선뜻 이해하기 어려운 개념어 때문에 벽에 부닥치곤 합니다. 그럴 때마다 국어사전으로 다시 돌아가 그 정의를 곱씹어보시기 바랍니다. 말에 깊은 학식과 애정을 가진 분들이 공동의 노력으로 만든 국어사전만큼 언어의 체계를 빠르고 정확하게 이해할 수 있는 길은 없다는 게 제 생각입니다.

이렇게 말씀드렸는데도 국어사전을 적극 활용하시는 분들도 계실 테고, 그렇지 않은 분들도 계실 겁니다. 왜 그럴까요? 국어사전이라는 사물에 대한 의미부여가 서로 다르기 때문입니다. 그렇다면 왜 이런 차이가 생겨나는 것일까요? 대답은 간단합니다. 서로 살아온 이력이 다르기 때문입니다.

그렇다면 의미부여에 대한 설명은 정말 간단해질 수 있습니다. 누구에게는 의미가 있는 것이 누구에게는 의미가 없다는 것입니다. 그러나 그렇게 간단한 문제는 아닙니다. 우리는 복잡한 시스템 속에서 최적의 생존을 도모하기 위해 최상의 언어 선택을 해야만 하는 사회적 존재이기 때문입니다. 달리 말하면 모든 언어는 개인의 의미부여로 만들어진 게 아니라 사회 발달 과정에서 만들어진 공동의 산물입니다.

여기에는 철저하게 생존의 역학관계가 작동합니다. 죽고 살고가 언어 사용에 따라 달라질 수 있다는 것입니다. 그래서 자신만의 언어를 가지고 자신만의 세계를 표현하기가 난감하기도 하고 어렵기도 합니다. 이를 어떤 식으로든 자각하거나 극복하지 못하면 모든 의미부여는 기만일 수 있습니다. 자신의 것이 아닌데 자신의 것처럼 수식(修飾)으로 분탕질이 된다는 것입니다. 즉 표현에 애를 먹어 글쓰기에서 힘을 얻지 못하게 되고, 이는 글쓰기 포기로 이어집니다. 이를 막기 위해서는 자신만의 의미부여에 대한 깊은 성찰과 그에 맞는 단어 선택이 중요합니다.

다음 주제로 써보십시오.

'선생님이 가장 좋아하는 사람은 누구이고 왜 그렇습니까?'

다음 주제로 또 써보십시오.

'선생님이 가장 싫어하는 사람은 누구이고 왜 그렇습니까?'

혹 좋은 사람과 나쁜 사람을 같은 사람으로 쓰신 분 계신가요? 그렇다면 그 분은 삶에 대한 통찰력이 대단한 분입니다. 실제로 이 모습이 우리의 진짜 삶이기 때문입니다.

선생님이 좋아하는 사람을 선생님은 단 한순간의 배신도 없이 좋아하는 감정을 유지할 수 있을까요? 작은 일로 다투면서 불뚝 증오심이 치밀어 오르기도 하고, 절대 양보할 수 없는 일을 앞에 두고서는 이별을 언급한 적 없나요? 이는 무슨 말인가요? 의미부여가 수시로 달라질 수 있다는 것입니다. 이것은 팩트입니다.

처음 글을 쓰다 보면 수시로 달라지는 언어 선택 때문에 골머리를 앓습니다. 머릿속에서 가닥이 잡혔던 언어들이 글을 써나가다 보면 전혀 염두에 두지 않았던 언어들로 튀어나와 당황합니다. 그 정도에 따라 글의 속도가 달라집니다.

그럼 힘드시겠지만 하나 더 써보겠습니다.

'선생님이 가장 좋아하는 음식은 무엇이고 왜 그렇습니까?'

_____

_____

_____

_____

'선생님이 가장 싫어하는 음식은 무엇이고 왜 그렇습니까?'

_____

_____

_____

_____

선생님이 좋다고 하신 음식, 어떤 때는 싫지 않았나요? 그 반대도 마찬가지고요. '좋다', '싫다'라는 단어는 극과 극에 놓인 언어입니다. 순간적인 상호작용으로 달라진 의미부여가 새로운 언어로 연결될 수 있습니다. 그 사람이나 사물은 약간의 전자(電子) 이동만 있었을 뿐 그 모습 그대로인데도 말입니다.

바로 이것입니다. 상호작용도 수시로 변하고 그에 따른 의미부여도 수시로 변하고 이를 연결시키는 언어 또한 수시로 변한다는 사실을 자각하고 있어야 합니다. 그래야만 글쓰기에 재미를 느낄 수 있고, 수시로 변하는 언어에 대해 민첩하게 대처할 수 있습니다. 모든 의미부여의 끈은 탄력적인 언어 선택이라는 점 명심하시기 바랍니다.

의미부여는
어떻게 이루어지는가

의미부여가 어떻게 이루어지는지 우리의 인식과정과 결부시켜 이해해 보도록 해보겠습니다. 좀 어려운 문제라 불교 인식론을 다룬 《신(新)유식학》에 나오는 내용을 가지고 풀어가 보겠습니다.

다음 상황을 읽고 이를 글로 써보시기 바랍니다. 겪었던 일이든 상상이든 상관없습니다.

'길을 가고 있는데 앞산에서 연기가 오르고 있다. 도대체 무슨 일일까?'

_____

_____

_____

_____

어떻게 쓰셨나요? 산불이니 당장 119에 전화를 해야 한다, 혹 내가 아는 사람이 사는 곳은 아닐까, 언젠가 보았던 불구경이 생각난다, 어릴 적 우리 집 불난 게 떠올라 마음이 아프다, 큰 산불로 번지지는 않겠지, 폭탄이 터지고 난 연기는 아닐까 등등일 것 같은데, 혹 다른 글도 있나요?

아무 이야기이든 상관은 없습니다만, 선생님 자신이 그 현장을 직접 목격하는 자리에 있다고 간주하고 이야기를 진행해 나가겠습니다.

먼저 앞산에 연기가 오르는 것을 우리는 어떻게 아는 걸까요? 눈으로 보는 시력(視力)이 작동했기 때문이지요. 그 시력은 어디에서 온 것일까요? 지력(智力) 즉 '사물을 헤아리는 능력'인 지각 능력과 연결되어 있기에 연기 나는 장면을 보고 느낄 수 있는 것입니다. 이를 유식학에서는 '촉(觸)'이라고 합니다.

觸 자는 角(뿔 각) 자와 蜀(벌레 촉) 자가 결합한 모습인데, 뿔로 무언가를 들이받는다는 것을 뜻하기 위해 만든 글자로 본래의 의미는 '찌르다'나 '받다'입니다. 여기에 '자극을 받는다'는 뜻도 덧붙여지는데, 뿔이 있는 동물들은 심한 자극을 받으면 뭔가를 들이받는 성질이 있기 때문입니다. 그래서 연기를 보는 상황을 촉(觸)이라고 말합니다.

자극 매개체가 된 연기를 본다는 것은 무엇을 의미하는 걸까요? 나와 연기가 상호작용하는 가운데 나의 주의(注意)를 그곳에 집중했다는 것이지요. 이를 유식학에서는 '작의(作意)'라고 합니다. 상황에 대한 의미를 짓는 것 즉 의미부여입니다. 그런데 이 찰나의 순간 선(善), 악(惡) 심소(心所, 구체적으로 인식하는 마음 작용)나 개념적 요소는 개입되지 않는다고 합니다. 눈앞의 현상에만 쏠려 있다는 것입니다.

다음으로 '수(受)'의 작용이 이루어집니다. 받아서 느끼는 것입니다. 이때 일차적으로 고락우희사(苦樂憂喜捨 - 괴로움, 즐거움, 근심, 기쁨, 포기) 중에서 하나가 일어나는데, '고락'은 신체적 느낌이고 '우희'는 정신적 느낌입니다. '사'는 아무런 느낌이 없는 상태입니다. 이 느낌을 유식학에서는 경험하고 있는 사실에 대한 최초의 본능적인 느낌이라고 말합니다.

그 다음으로 '상(想)'이란 작용 과정이 발생합니다. 想 자는 相(서로 상) 자와 心(마음 심) 자가 결합한 모습인데, 相 자는 눈으로 나무를 바라보는 모습을 그린 것으로 본래의 의미는 '자세히 보다'였습니다. 여기에 心 자가 결합해 想 자는 자신의 내면을 자세히 들여다본다는 뜻으로 만들어졌습니다. 즉 想 자는 '생각하다'나 '그리워하다', '상상하다'라는 뜻을 가진 글자입니다.

여기서 드리고 싶은 말씀이 있습니다. 연기가 난 상황이 想 즉 생각 속에서 작동하는 순간 상호작용하는 연기보다는 생각 자체에 몰입해 들어가는 경향이 짙습니다. 왜 그럴까요? 그동안의 경험들이 무의식에서 쑥쑥 올라오기 때문입니다. 즉 현상과 상호작용하는 것보다 의식과 무의식이 더 치열하게 상호작용하면서 새로운 생각들이 만들어진다는 것입니다. 그러면서 현상의 실체가 현상과 다른 모습으로 인식될 수 있습니다. 《신유식학》에서 든 비유는 연기를 보고 이무기가 승천하는 것으로 인식할 수도 있다는 것인데, 보이는 것만 제대로 보는 것이 현량지(現量知)이고 상상이나 착각이 실제처럼 보이는 것이 '비량지(比量智)'입니다. 이무기 승천은 비량지에 해당됩니다.

마지막으로 '사(思)'의 단계입니다. '생각'이나 '심정', '정서'라는 뜻을 가진 思는 想에서 연상된 내용에서 나아가 추리, 사유, 예상, 판단 등 고도의 정신활동이 추가되는 과정입니다.

선생님이 쓰신 글을 다시 보시기 바랍니다. 혹 누군가를 걱정했다거나 산림 피해와 복구 등을 글에 담은 선생님 계십니까? 일단 대단하신 겁니다. 짧은 시간에 인식 과정 마지막 단계인 思까지 글에 반영된 것이니까요.

불교 유식학이 담고 있는 내용들은 상당히 어렵습니다. 하지만 인식론에서는 서양 인식론보다 그 설명이 조리 있게 펼쳐져 있다고 생각합니다. 그 가운데 현량지와 비량지에 잠시 집중해보겠습니다.

글을 쓴다는 것은 생각의 문자화 과정입니다. 그 생각은 모두 과거의 것입니다. 현재 글을 쓰는 순간을 지금이라고 할 수도 있지만, 생각이 문자로 바뀌는 순간 과거가 됩니다. 그 과거의 것들을 글로 쓰다 보면 당시 모습과 달라지고 있다는 것을 알 수 있습니다. 그때 본 것이 상현달인지 하현달인지, 그때 그분의 머리가 단발인지 장발인지, 그때 감정이 기쁨인지 슬픔인지 등등이 정신이라는 믹서기 안에서 마구 섞이고만 있어 어떻게 표현할지 어지럽기만 합니다. 상(想)과 사(思)가 강렬히 움직이면서 현량지가 비량지가 되고 비량지가 현량지가 되기 때문입니다.

그렇다면 이런 정신활동이 글쓰기 장애 요소가 될까요? 처음 쓸 때는 어마어마하게 장애가 됩니다. 바다 이야기를 쓰는데 갑자기 산에 갔던 게 떠올라 어느 문장에 들어가기도 합니다. 반대도 가능합니다. 머리가 뒤죽박죽이어서 무엇부터 뽑아내야 할지 엄두가 안 납니다. 이를 어떻게 극복할 수 있을까요? 일단 써놓고 나서 인과 관계가 떨어지는 것들을 걸러내면 됩니다. 이 일을 반복하면 쓰는 과정에서 인과 관계나 논리가 갖추어집니다. 방법은 이것밖에 없습니다.

생각은 머릿속에서 두서없이 진행될 수 있지만, 글은 눈앞에서 생산되는 것이기에 일정 틀을 가지고 있습니다. 인류가 오랫동안 진화 과정에서 만든 규칙입니다. 그 규칙이 우리의 공동체를 지켜주고 있기 때문입니다. 그 규칙을 습득하는 과정이 어려워 글쓰기를 포기하는데, 우리는 규칙을 습득하는 게 아니라 내재된 규칙을 길어 올린다고 생각해야 합니다. 자꾸 길어 올려야 글이 가지는 규칙성에 부합할 수 있습니다. 즉 누가 봐도 알아볼 수 있는 글이 만들어진다는 것입니다. 이는 자꾸만 글로 만들어봐야 진척이 있다는 점 꼭 새겨두시기 바랍니다.

그럼 한 번 썼던 소재를 가지고 다시 써보겠습니다.

'길을 가고 있는데 앞산에서 연기가 오르고 있다. 도대체 무슨 일일까?'

다른 내용들이 표현되었나요? 그렇습니다. 의미부여는 언어와 선생님이 상호작용하는 인식 과정에 따라 얼마든지 바뀔 수 있습니다. 대상은 그대로이지만 순간순간 언어와 언어의 배치가 바뀌는 과정에 대한 자각력이 선생님의 글쓰기 실력을 늘려줄 것입니다.

연속과
불연속

자각력은 늘 깨어 있다는 상태입니다. 가능할까요? 하지만 깨어 있는 상태를 어떻게 범주화 하느냐에 따라 달라지겠지요. 여기서는 언어로 깨어 있는 상태에 대해서만 말씀드리겠습니다.

다음 상황을 글로 쓰기 바랍니다.

'옛사랑이 눈앞에 갑자기 나타났다.'

단숨에 쓰신 분도 계실 테고, 복잡한 감정이 일어나 여전히 망설이고 계신 분도 있겠지요. 단숨에 쓰신 분이 깨어 있는 상태일까요, 머뭇거리고 있는 분이 깨어 있는 상태일까요? 양쪽 다 상황을 생각하고 있으니 깨어 있는 상태는 맞지만 언어로 표현한 선생님이 더 정확히 깨어 있다고 볼 수 있습니다.

글쓰기는 다름 아닌 표현하기 어려운 정신 상태를 어떤 식으로든 글로 써내는 것입니다. 생각이 겉으로 드러나야만 소통이 가능해집니다. 생각을 느낌으로만 갖고 있는 것은 생각이 아닐 수도 있습니다. 그저 몸에 담고 있는 처치 곤란한 혹일 수도 있습니다. 그렇다면 왜 의미부여가 이루어지는 언어를 쭉쭉 써내는 게 힘들까요?

"세계는 연속적이고 언어는 불연속적이다"라는 말이 있습니다. 말 그대로 풀자면 이럴 것입니다. 세계는 시간이 흘러가고 공간이 팽창하면서 물질과 에너지가 끊임없이 상호작용하는 우주를 일컫습니다. 따라서 단 한순간도 멈춤이 없이 연속적으로 진행되고 있습니다. 하지만 대략 1만 년 전부터 말을 하기 시작했고, 4천 년 전부터 문자를 통해 기록과 소통을 발달시킨 인간의 언어는 자주 끊어집니다. 본능에서 나오는 직감과 직관으로 생존을 도모했을 때는 우주의 구성원으로 연속적이었겠지만, 직립 보행과 뇌의 기능으로 만들어지기 시작한 언어로 새롭게 세상과 연결되는 순간 불연속적인 삶을 사유하게 되었다는 것입니다.

우리는 말을 할 때와 안 할 때의 차이, 글을 쓸 때와 쓰지 않을 때의 차이를 알고 있습니다. 그런데 말을 하지 않을 때 우리는 알 듯 모를 듯 일어나는 느낌을 언어로 사고하려고 합니다. 언어가 구체화되면 될수록 사고는 그 모습을 분명히 드러냅니다. 하지만 느낌이 온몸을 쿡쿡 쑤시기만 하면 답답해합니다. 언어로 튀어나오지 못했기 때문입니다. 글을 쓸 때도 마찬가지입니다. 생각들이 정확히 글로 나오는 순간 머릿속이 개운해집니다. 연속적인 흐름들이 불연속적인 언어 사용에서 재편되는 과정이고, 이것이 몸의 연속적인 삶에 또 다른 에너지를 심어주는 것입니다. 몸에서 나오는 언어, 언어가 다시 몸으로 들어가는 과정, 이 둘의 상호작용에 대한 확실한 설명은 어렵지만 이 둘은 역동적으로 명약관화하게 우리 삶을 이어가고 있습니다.

보고 듣고 느낀 것들이 언어로 바뀌는 과정, 이 원리를 잘만 인식하고 있으면 선생님들의 글쓰기에서 무엇을 고쳐야 할지 스스로 터득할 수 있습니다. 그래서 어렵지만 《중론송》에 나오는 "이 '실유(實有)의 법(法)(sna dharmah)'은 대상이 없는 것이라고 (부처님께서) 말씀하셨다. 이와 같이 존재에 대상이 없은즉 어째서 연연(緣緣)이 있을 것인가?"라는 말에 대한 황산덕 님의 해제를 제가 다시 재해석하면서 인식과 언어의 관계를 보겠습니다.

우리는 눈, 귀 등의 감각기관으로 색과 소리를 인식하는 데 그 색과 소리가 대상의 또 다른 실체가 됩니다. 그런데 그 대상에 대한 실체가 어떤 언어를 쓰느냐에 따라 늘 달라집니다. 가령, 붉은 태양이 빨간 해가 될 수도 있고, 기쁜 해가 슬픈 해가 될 수도 있습니다. 노란 개나리가 병아리색 개나리가 될 수도 있고, 아름다운 개나리가 미운 개나리가 될 수도 있습니다. 이를 황산덕 님은 "그러므로 우리가 인식의 대상이라고 하는 경(境)은 사실은 그러한 것으로서(즉 자성으로서) 존재하는 것은 아니다"라고 말합니다.

복잡해 보이지만 이렇게 정리할 수 있을 것 같습니다. 감각 기관과 대상 사이에는 인과적 과정만 존재할 뿐 실체는 없다는 것입니다. 그렇지만 우리는 이제 그 모든 것을 불연속적인 언어로 들여다본다는 것입니다. 그 언어도 자성이 없다는 것까지 알면 좋지만, 이 또한 사람마다 인식이 다를 것입니다.

언어로 해내야만 하는 인식의 과정인 글쓰기를 막상 하려고 하면 버거움이 찾아오는 게 현실입니다. 그래서 또 말합니다. 뭐든 계속 쓰는 것 이외에 달리 뾰족한 방법은 없습니다. 끊임없이 언어로 연결해야만 하는 진화의 숙명이 현재 우리에게 있으니까요.

그럼 마음의 부담을 덜고 다시 똑같은 상황을 가지고 글을 써보겠습니다.

'옛사랑이 눈앞에 갑자기 나타났다.'

짧은 순간이지만 옛사랑이란 대상에 대한 언어 연결이 달라졌을 것이고, 그 글을 읽고 있는 선생님들의 감정 또한 기기묘묘할 것입니다. 그래도 생각과 느낌으로 가두는 것보다 글로 나오니 뭔가 과거가 재편된 것 같지요? 언제 또 바뀔지 모르지만요. 그래도 세계는 연속적으로 흘러갈 것입니다.

띄어쓰기를
잘해야

불연속적인 언어로 지난 일을 미래의 연속선상에서 선택해 글을 쓰려면 무엇을 잘 알아야 할까요? 글의 구성 요소입니다. 수조 개의 세포가 상호작용하면서 우리 몸이 움직이듯이 글도 기초 단위가 상호작용하면서 글이 만들어지고 생명력을 얻게 됩니다. 그 기본을 다시 들여다보겠습니다.

다음 주제로 글을 쓰기 바랍니다.

'좋은글은무엇을갖추어야하는가?'

_____

_____

_____

_____

형식과 내용 면에서 좋은 글이 갖추어야 할 조건이 없다고 말하면 어떻게 생각하시는지요? 누구는 그 글이 좋다고 하는데 선생님이 보기에는 전혀 그렇지 않아 보일 수도 있고, 그 반대도 부지기수입니다. 왜 그럴까요? 세상은 주관적으로 해석되기 때문입니다.

인간의 인식 원리는 공통적이지만 세상과 상호작용하는 과정은 처음부터 끝까지 주관적 관점이 작동되고 있습니다. 극히 미세한 부분에서 유전자 구성이 다르고, 그 다른 몸이 역시 다른 세포의 조합들과 상호작용한다는 것은 어느 모로 보나 같은 정신세계를 가질 수가 없습니다. 그런데 이러한 사실들이 우리 곁에 자리 잡은 지 그리 오래되지 않았습니다. 즉 세상에 객관적으로 존재하는 것은 없고, 모든 것은 언어 사용자와의 관계에 의해서만 의미부여가 이루어진다는 것 말입니다.

이 중심에는 "나의 언어의 한계가 내 세계의 한계를 의미한다"라고 말한 철학자 비트겐슈타인이 있습니다. 그러면서 서서히 나타나기 시작한 게 체험주의이고, 이는 우리의 모든 인식 체계와 언어 체계는 우리 몸의 구조와 작동에서 비롯된다는 인지언어학으로 이어집니다. 인지의 주체는 각 개인이기에 그 사람이 쓰고 보는 언어의 세계는 분명 다를 수밖에 없다는 것입니다. 그래서 좋은 글에 대한 기준과 판단 또한 일치할 수가 없는 것입니다.

그런데도 왜 좋은 글이 갖추어야 할 조건에 대한 이야기들이 많이 있을까요? 소통과 공감, 그리고 감동 때문입니다. 즉 영향력에 관한 것입니다. 이를 위해 인류는 치밀해 보이는 이론과 전문 매뉴얼을 끊임없이 만들었습니다. 하지만 이들은 모형화된 틀일 뿐 실제 현장에서의 작동 과정이 모두에게 적용되는 것은 아닙니다. 몇백만 부가 팔린 베스트셀러, 천만 명 이상이 본 대박영화라 하더라도 정작 내 자신에게는 아무 감동도 없는 작품일 수 있습니다. 좋은 글, 좋은 영화가 아니라는 것입니다.

위 주제를 다시 또 글로 써보겠습니다.

'좋은글은무엇을갖추어야하는가?'

_____

_____

_____

_____

선생님의 생각이 좀 바뀌셨습니까? 저는 좋은 글에 대해 이렇게 간단히 생각합니다. 우선 내가 좋으면 좋은 것이고, 공동체 발전에 기여하면 더욱 좋은 것이라고 말입니다.

그럼 위 문장을 가지고 학생 시절로 돌아간 기분으로 잠깐 공부를 좀 해보겠습니다. 위 문장에서 잘못된 게 있는데 무엇인가요? 모든 글자들이 붙어 있지요? 네, 띄어쓰기가 안 되어 있습니다. 선생님들께서 직접 띄어쓰기를 해보시기 바랍니다.

'좋은글은무엇을갖추어야하는가?'

글을 쓸 때 띄어쓰기는 아주 중요합니다. 이는 전문 편집자도 어려워하는 기술이지만, 기본 정도는 무리 없이 해낼 수 있어야 합니다. SNS 글쓰기가 띄어쓰기 규칙을 무너뜨리고 있지만, 그래도 우리가 규칙으로 정한 이상 꼭 지켜야 한다고 봅니다. 제가 왜 가장 어렵다는 띄어쓰기를 가장 먼저 글의 구성 요소로 꼽았을까요? 생각과 글이 엄연히 다른 구조를 갖고 있다는 인식을 철저히 해야 한다는 말씀을 드리고 싶어서입니다. 말은 두서가 없어도 소통이 가능하지만 글은 띄어쓰기에 따라 내용 전달이 확연히 달라집니다. 그렇다면 어떻게 해야 띄어쓰기를 잘할 수 있을까요.

문장의 기본 단위는 음운(音韻)입니다. 국어사전을 보면, "말의 뜻을 구별하여 주는 소리의 가장 작은 단위"라고 되어 있습니다. '물'과 '불'이 다른 이유는 'ㅁ'과 'ㅂ'이 다르기 때문입니다. '님'과 '남'이 다른 이유는 'ㅣ'와 'ㅏ'가 다르기 때문입니다. 즉 음운의 '음'은 자음과 모음을 말합니다. 그렇다면 '운'은 무엇을 말할까요? 단어를 길게 발음하느냐 짧게 발음하느냐에 대한 것입니다. 하늘에서 내리는 눈〔눈:〕은 길게 발음하고, 얼굴에 있는 눈〔눈〕은 짧게 발음한다는 것입니다.

다음으로 어절(語節)입니다. 국어사전을 보면, "문장을 구성하고 있는 각각의 마디. 문장 성분의 최소 단위로서 띄어쓰기의 단위"라고 되어 있습니다. '좋은글은무엇을갖추어야하는가?'에서 어절은 '좋은/글은/무엇을/갖추어야/하는가'로 구분할 수 있겠지요.

이번에는 '단어(單語)'에 대한 설명입니다. 국어사전을 보면, "분리하여 자립적으로 쓸 수 있는 말이나 이에 준하는 말. 또는 그 말의 뒤에 붙어서 문법적 기능을 나타내는 말"이라고 되어 있습니다. 가장 간단한 판단은 단어를 품사와 같은 것으로 보면 됩니다. '품사(品詞)'에 대한 국어사전의 정의는, "단어를 기능, 형태, 의미에 따라 나눈 갈래. 현재 우리나라의 학교 문법에서는 명사, 대명사, 수사, 조사, 동사, 형용사, 관형사, 부사, 감탄사의 아홉 가지로 분류한다"라고 되어 있습니다. 여기서 조금 한 단계 더 들어가면 조사와 어미를 구분할 줄 알아야 합니다. '이, 가, 은, 는, 도, 만, 에, 에게, 에서, 까지, 부터, 와, 과, 한테, 랑' 등의 조사는 독립된 단어이고, '-고, -지, -게, -을, -은, -도록, -어, 었' 등의 어미는 어간에 붙어 활용되어야만 문법적 기능을 갖추는 형태소입니다. 덧붙여 조사는 분리해보면 다른 단어가 독립적인 뜻을 가지고 있고, 어미는 그렇지가 못 합니다. "음식을 먹지 못했다"에서 '을'과 '지'를 빼면 "음식 먹 못했다"가 됩니다. '먹'이 아무런 구실을 못하고 있는 것입니다.

구(句)와 절(節)은 같이 설명하겠습니다. 구는 둘 이상의 단어가 모여 절이나 문장의 일부분을 이루는 토막이고, 절은 주어와 술어를 갖추었으나 독립하여 쓰이지 못하고 다른 문장의 한 성분으로 쓰이는 단위입니다.

드디어 모든 글의 기본 뼈대인 '문장(文章)'까지 왔습니다. 국어사전을 보면, "생각이나 감정을 말과 글로 표현할 때 완결된 내용을 나타내는 최소의 단위. 주어와 서술어를 갖추고 있는 것이 원칙이나 때로 이런 것이 생략될 수도 있다. 글의 경우, 문장의 끝에 '.', '?', '!', 따위의 마침표를 찍는다"라고 되어 있습니다. 말줄임표(……)도 여기에 해당됩니다.

이러한 문장들이 모여 한 편의 글이 됩니다.

갑자기 국어문법을 공부한 것 같아 머리가 아프실 수도 있습니다. 하지만 글쓰기는 생각의 문자화입니다. 인류가 파피루스에, 양피지에, 대나무에, 거북 등딱지에, 짐승의 뼈에, 동굴 바위에 온 신경을 곤두세워 하나하나 새긴 정신이 발전되고 발전되어 오늘의 글이 되었습니다. 세종대왕이 우리 신체 구강 구조를 분석하고 또 분석해 자음과 모음을 만들어냈습니다. 그러면서 원활한 소통을 위해 최소한의 규칙을 정했습니다.

우리 한글에 띄어쓰기가 시작된 것은 독립신문 발간 이후입니다. 한자권이라 띄어쓰기를 몰랐는데, 신문 가독성을 높이기 위한 방편으로 띄어쓰기가 시행되었습니다. 이후 한글학자들과 사전 관련자들이 띄어쓰기를 시대에 따라 규칙을 바꾸어왔습니다. 그 목적은 단 하나 당대의 정신을 잘 반영시키는 언어체계를 만들기 위한 것입니다. 그것은 바른 소통을 통한 공동체 발전 정신이기도 합니다.

글쓰기는 나와 세상이 상호작용하는 것을 언어로 의미부여하는 지적인 행위입니다. 문장이 정신적으로 풍부하거나 치밀하지 못해도 띄어쓰기는 제대로 해야 합니다. 자음과 모음, 단어 하나하나가 모두 선생님의 내면이기 때문입니다. 그래서 글쓰기를 할 때는 글의 모든 구성 요소를 뚫어져라 응시하면서 써야 합니다. 선생님 생각이 어떻게 컴퓨터 화면 혹은 노트에 박혀 가는지 자각하면서 써야 합니다. 이를 위해서는 국어문법 책 한 권쯤 다시 읽어보시기 바랍니다.

여기서 왜 맞춤법에 대해서는 말하지 않느냐고 질문할 수도 있을 것입니다. 글의 구성 요소 공부를 위해 국어문법 책이나 국어사전을 열심히 들여다보다 보면 자연스레 해결됩니다.

비유가 될 수 있을지 모르지만, 라면 하나 끓여 먹을 때 우리는 각자 취향별로 정성을 다해서 끓입니다. 물의 양, 수프 양, 곁들일 김치 등에 대해 정량적인 사고를 합니다. 글쓰기를 할 때도 이러한 정성을 기울여야 합니다.

띄어쓰기를 잘 해야 한다는 마음가짐으로 글을 써나간다면 선생님 생각이 글로 정확히 나오는 기간이 많이 단축될 수 있다는 게 제 생각입니다.

머리가 좀 아프셨을지도 모르겠습니다. 쉬어간다고 생각하시고, 말놀이로 2강을 마치겠습니다. 감사합니다.

제시한 자음 순서에 따라 글을 만들어 보세요. 예를 들면 이렇습니다. '가(가을이 왔다), 나(나는 어디로 갈까?)…….'

가. _____

나. _____

다.

라.

마.

바.

사.

아.

자.

차.

카.

타.

파.

하.

3강

콘텍스트와
텍스트
글쓰기

안녕하십니까? 3강을 시작하겠습니다.

글을 처음 쓸 때 자주 듣는 말이 무엇인가요? "짧게 써라"일 것입니다. 이 말이 과연 타당할까요?

"세계는 연속적이고 언어는 불연속적이다"라는 말을 2강에서 했습니다. 이 때문에 문자로 선택해야 하는 글쓰기가 어렵다고 했습니다. 극복은 꾸준히 쓰고 과감히 도려내고 띄어쓰기도 잘 하면 가능하다고 했습니다. 굳이 짧게 쓰려고 노력할 필요가 없다는 것입니다.

"짧게 써라"는 말을 신뢰하지 않으면서도 글이 너무 길고 복잡해 빨간 펜으로 수강생의 글에 손을 댄 적이 있었습니다. 한 문장에 '하지만, 그리고, 그런데, 그럼에도'가 '어미' 형태로 모두 들어가 있어 지적이 필요했습니다. 수강생은 그 자리에서 수긍을 했고 반드시 고치겠다고 했습니다. 다음 글은 신경을 쓴 흔적이 있는데, 시간이 좀 지나고 나니 처음 스타일로 다시 돌아갔습니다. 왜 이런 일이 발생할까요?

일단 발생할 수밖에 없다고 봅니다. 글의 스타일이 문체인데, 이는 하루아침에 바뀔 수가 없습니다. 문체(文體)는 글을 쓰는 사람의 몸[體]이기 때문입니다. 그 사람이 겪은 몸의 경험들이 글로 나타나는데 사람 몸이 한 달 사이로 크게 변하기는 쉽지 않습니다.

왜 문체가 몸일까요? 대화를 하다 보면 말이 짧은 사람이 있고, 수다스러운 사람이 있습니다. 그러던 어느 날 두 사람이 역전이 되는 경우가 있습니다. 말을 짧게 했던 사람은 말을 길게 할 만큼 좋은 일이 생겼다는 것인데, 그것은 전보다 몸과 그 몸이 상호작용하는 환경이 좋아졌다는 것을 의미합니다. 수다스러운 사람이 말수가 적어졌다는 것은 상태가 전보다 안 좋아졌다는 것이겠지요. 즉 몸의 신호가 언어로 곧장 이어진다는 것입니다.

스물아홉 살에 더는 글을 쓰지 않기로 했다가 사십이 넘어 다시 글을 쓴 계기는 산행으로 변화되고 있던 몸 때문이었습니다. 체중이 줄어드니 생각도 바뀌었고, 홀로 오래 산행을 하다 보니 내 몸이 자연처럼 느껴졌는데, 그 몸에서 나오는 새로운 언어들을 막을 수가 없었습니다. 그것들을 글로 쓰는데 소설가 지망생 시절과 확연히 다른 것을 보았습니다. 문장 구성이나 표현이나 형식 따위는 안중에도 없고 그저 글이 나오는 대로 툭툭 썼습니다. 그 결과물이 《백수산행기》였고, 그 뒤부터 글쓰기가 갖는 엄청난 힘과 글쓰기의 새로운 면모를 들여다보게 되었습니다. 즉 글은 몸에서 빚어지는 언어들을 제대로 성찰해서 가급적 있는 그대로 뽑아내야 합니다. 몸에 맞지 않은 옷을 걸치면 갑갑하듯이 글도 몸에 맞게 만들어야 합니다. 그래야 숨이 막히지 않고 가쁘게 글이 완성될 수 있습니다.

한 문장이 길거나 접속사들이 마구 들어가는 것은 그 사람의 몸이 빚어낸 스타일입니다. 그렇다고 해서 그 사람이 호흡을 길게 하거나 마라톤을 뛰거나 등과는 관계가 없습니다. 이 분야에 대한 정확한 연구는 아직 없고, 저 또한 거기에 시간을 할애하고 싶지는 않습니다. 중요한 것은 사람 몸에 따라 글이 달라진다는 것입니다. 그래서 제가 수강생의 긴 문장을 끊었다고 하더라도 수강생은 다시 원래의 문장으로 돌아간다는 것입니다.

여기서 우리가 생각해볼 수 있는 게 콘텍스트와 텍스트입니다. 콘텍스트(context)의 사전적 정의는 "사물의 서로 잇닿아 있는 관계나 연관"이고, 텍스트(text)는 "주석, 번역, 서문 및 부록 따위에 대한 본문이나 원문" 혹은 "문장보다 더 큰 문법 단위. 문장이 모여서 이루어진 한 덩어리의 글을 이른다"입니다. 콘텍스트는 텍스트가 모두 모인 것(con)으로 보면 될 듯합니다.

우리가 남의 글을 볼 때는 주로 텍스트를 읽는 꼴이 됩니다. 하지만 덧붙여 그 텍스트에 읽는 이의 콘텍스트가 스며들게 됩니다. 하나의 단어와 그것들이 연결되어 있는 순서에 자신의 경험이 중첩되어 언제든지 다르게 읽힌다는 것입니다. 쓰는 이 또한 철저히 콘텍스트에서 텍스트를 만들게 되어 있습니다. 어떤 글이든 그 사람의 삶에서 맥락 없이 툭 튀어나오는 경우는 없습니다. 토씨 하나라도 그 사람의 삶이기 때문입니다. 그래서 긴 문장을 끊어서 비교적 정확한 문장이 되었다고 하더라도 글쓴이는 그걸 받아들이지 못합니다. 맥락에서 특정 부분을 선택하는 훈련이 아직 안 되어 있기 때문입니다.

어떤 문장이든 문장에는 콘텍스트에 따른 그 사람의 삶이 녹아 들어가 있는데, 경험이 다른 제삼자가 그 문장을 끊게 되면 그 사람은 경험의 단절을 겪게 됩니다. 분리를 통한 공허로 글이 이어질 수가 없습니다. 그래서 원래대로 돌아갑니다. 그렇다면 이는 어떻게 극복이 되는 걸까요?

오랜 기간 의도적으로 숙련을 거쳐야 합니다. 숙련 뒤에 오는 것은 일반적으로 문체라고 말하는 간결체, 만연체, 강건체, 우유체 등등이 아닙니다. 정확한 문체입니다. 즉 정확한 문장을 쓸 줄 아는 능력이 갖추어진다는 것입니다. 그렇게 되면 맥락에 따라 어떤 문체든 구사할 줄 알게 됩니다.

정확한 문장은 어떻게 쓰나

정확한 문장은 어떻게 쓸 수 있을까요? 글쓰기에서 가장 어려운 문제에 직면했습니다. 서로의 의견은 분분하지만 이 역시 딱히 정답이 없기 때문입니다.

다음 소재를 가지고 글을 써보시기 바랍니다.

"가장 멋지게 본 풍경은 무엇이었나요?"

_____

_____

_____

_____

　　다시 보고 틀린 문장이 있다고 여기면 밑줄을 그어보세요. 어떻게 틀렸다고 확신하시나요? 주어와 술어가 일치하지 않는다고요? 그럼 선생님은 정확한 문장을 알고 계시는 겁니다. 동사 앞이 아니라 명사 앞에 부사가 있다고요? 이 역시 선생님은 정확한 문장을 알고 계시는 겁니다. 이게 전부일까요? 뭐가 또 있겠지요. 하지만 문제는 틀렸다고 생각한 문장을 누군가는 옳다고 주장할 수 있다는 것입니다. 참으로 난처한 일이지요.

　　그런데 어떻게 우리는 누구의 문장이 틀렸다고 지적할 수 있을까요? 문법적으로 다 설명하지는 못해도 느낌상 그렇다는 것이지요? 왜 이런 확신이 나오는 걸까요?

　　다시 콘텍스트와 텍스트 이야기를 하기 위해 《언어와 인지》에 나오는 내용을 풀어서 진행해보겠습니다.

　　인지언어학의 출발점 가운데 하나가 "우리의 지각(知覺, perception)은 맥락(콘텍스트)에 의존한다"는 말입니다. 이는 무엇을 말하는 것일까요? 지각은 현재의 것들을 단지 보고 듣고 느껴서 알고 깨닫는 것이 아니라 살아온 현재까지의 전 과정이 뇌에서 복잡한 분석 과정을 통해 이루어지는 고도의 인식 작용이라는 것입니다. 즉 그동안 축적되어 무의식에 있는 지식 정보들이 일상생활에서 입력되는 지각 정보와 상호작용하면서 현재를 인지하는 것입니다. 이때 두뇌는 우리가 사는 세상이 대체로 질서정연하며, 연속되며, 규칙이 있다는 사실을 이용한다고 합니다.

마지막 문장인 "이때 두뇌는 우리가 사는 세상이 대체로 질서정연하며, 연속되며, 규칙이 있다는 사실을 이용한다고 합니다"를 가지고 이야기를 계속해보겠습니다.

'질서정연하며'를 먼저 보겠습니다. 사전적 정의를 보면, "차례나 순서 따위가 잘 잡혀 한결같이 바르고 가지런하다"입니다. 부연 설명이 필요 없겠지요. 다음으로 '연속되며'를 보겠습니다. 우리가 불연속적인 언어 사용을 하는 것은 진화의 과정상 불가피하지만 그 궁극은 연속적인 세상을 끌어안기 위한 것이라는 점, 이미 말씀드렸습니다.

마지막으로 '규칙이 있다는 사실을 이용한다'입니다. 여기서 말하는 '규칙'은 무엇을 말하는 것일까요? 제 생각에는 공동체 형성을 위해 인류가 만든 제도, 체계 등을 망라하는 것 같습니다. 그 가운데 우리가 염두에 두어야 할 것은 언어 규칙입니다. 이는 정확한 상황 파악과 의사 전달의 도구로서 만들어진 언어가 정확히 사용되기 위한 구조입니다. 이 모든 것들이 다 어디 있다고요? 네, 바로 선생님들의 두뇌에 있다는 것입니다.

잠시 시간을 내어 선생님이 가장 멋진 풍경이라고 쓴 글의 배경이 되는 곳을 검색해보고는 관련 글을 찾아 여기에 옮겨보시기 바랍니다.

가장 먼저 느낌이 다르다는 것을 알 수 있습니다. 그러면서 자동적으로 정확한 글이 아니라는 점도 인식합니다. 우리는 모든 글을 짧은 텍스트로 보는 게 아니라 콘텍스트로 보기 때문입니다. 그런데 자신이 쓴 글은 항상 정확해 보입니다. 다소 문장이 틀려 보인다고 해도 두뇌에서 그 정도까지는 세심하게 잡아내지 못하고 넘어

갑니다. 텍스트보다 콘텍스트에 의존하기 때문입니다. 큰 흐름이 디테일을 압도한다는 것이지요.

다음 소재로 글을 또 써보겠습니다.

'내가 사는 집(아파트, 단독주택 등등)은 어떤 과정으로 지었을까?'

_____

_____

_____

_____

어떠신가요? 비교적 쉽게 완성하셨나요? 그렇게 틀린 문장이 보이지 않지요? 왜 그럴까요? 혹 부정확하게 쓰면 선생님이 사는 집이 무너질까 봐 걱정돼서 그런 거 아닐까요? 그럴 수도 있다고 저는 생각합니다.

글쓰기는 자음과 모음이라는 기초 구성 요소가 쌓이고 쌓여 글이라는 물질 형태를 갖는 고도의 정신적 행위입니다. 못과 나사 등 작은 부품과 목재, 철골, 콘크리트 등 덩치 큰 재료들이 치밀한 설계도에 따라 올라가는 건축물에 비유할 수 있습니다. 크게 다른 점은 글쓰기 설계도는 치밀하지 못하다는 점입니다. 하지만 자음과 모음이라는 부품이 거대한 덩어리를 만든다고 볼 때 정교한 설계도처럼 정확한 문장들이 쌓이게 되면 그 글은 소통과 공감 그리고 감동에서 더 돋보일 수 있습니다.

그럼 가능한 한 정확한 문장은 어떻게 쓸 수 있을까요?

선생님이 쓴 풍경 소감 글과 집짓기 글을 다시 보아주시기 바랍니다. 두 글의 차이는 왜 나타날까요? 이렇게 말해보겠습니다. 풍경은 내 것이 아니고, 집은 내 것입니다. 그래서 풍경은 이렇게 써도 저렇게 써도 생존에 크게 지장이 없지만, 집은 그렇지 않겠지요? 무슨 말일까요? 문장 안에 선생님이 거주한다고 생각하면서 쓰면 정확한 문장이 만들어질 수 있다고 봅니다.

정확한 문장 쓰는 법을 알려주는 책들은 많이 있습니다. 편집자 시절 열심히 보았고, 글쓰기 강의를 위해 다시 공부를 하면서 강의 시간에 간혹 공유도 했습니다. 하지만 얼마 지나면 다 잊습니다. 문법적으로 들어가게 되면 머리가 지끈지끈 아픕니다. 가장 큰 문제는 틀린 것 같지 않은데, 틀리다고 말할 때입니다. 그래서 곰곰이 생각해 본 결과 정확한 문장 쓰는 법에 대한 답은 없다고 보는 게 맞는 것 같습니다.

정말 없을까요? 대략 세 가지는 있습니다. 문장 관련 책 한 권 정도는 독파하고, 다양한 책들을 열심히 읽고, 마음에 쏙 드는 책은 필사를 하는 것입니다. 모든 책은 호불호를 떠나 편집 과정을 거쳤습니다. 편집자들이 최선을 다해 정확한 문장으로 고쳐놓았습니다. 그래서 열심히 읽고 베껴 쓰다 보면 선생님 삶의 맥락으로 정확한 문장이 들어갑니다. 물론 그 정확성은 백퍼센트 문법에 근거할 수 없습니다. 문장 구조 또한 늘 변화하는 것이니까요.

육하원칙을
늘 기억하자

정확한 문장이 필요한 가장 중요한 이유는 소통입니다. 소통의 일차적 조건은 상황 파악입니다. 이를 위해 우리가 발달시킨 글쓰기 기법 가운데 하나가 육하원칙(六何原則)입니다. 사전적 정의를 보면, "역사 기사, 보도 기사 따위의 문장을 쓸 때에 지켜야 하는 기본적인 원칙. '누가, 언제, 어디서, 무엇을, 어떻게, 왜'의 여섯 가지를 이른다"입니다.

다음 제시어를 가지고 글을 써보겠습니다. 단어 앞뒤 혹은 중간에 다른 말도 넣어 극적으로 꾸며보시면 좋겠습니다.

'홍길동, 서자, 아버지, 아침, 집, 부르다.'

_____

_____

_____

_____

_____

다음은 육하원칙에 입각해 제가 써본 글입니다.

"홍길동은 조선 시대 허균이 쓴 《홍길동전》의 주인공이다. 어느 날 아침 그는 집을 떠나기로 결심했다. 아버지를 아버지라 부르지 못하고 형을 형이라 부르지 못하는 게 가슴 아팠다. 그는 신분계급이 엄중했던 조선시대의 서자였기 때문이었다."

제가 쓴 게 본보기는 아닙니다. 또 사람에 따라 '누가'보다 '언제'가 앞에 나오는 게 좋다고도 합니다. "옛날옛날에"로 시작하는 전래동화가 많이 있으니까요. 또 사람에 따라 육하원칙은 사실을 다루는 글에 적용되는 것이지 그 이외의 글에는 그다지 중요하지 않다고도 말합니다. 그것도 맞는 말입니다. 하지만 제가 드리고 싶은 말은 이런 겁니다. 어떤 문장 구성을 갖든 육하원칙에 합당한 요소들이 빠짐없이 들어가면 선생님의 생각이 일목요연하게 나타나고, 그 글을 읽는 사람도 선명한 그림을 그릴 수 있다는 점입니다. 한 부분이 빠지고 안 빠지고는 훈련이 충분히 된 다음에 해도 늦지 않으니 육하원칙의 구성 요소는 늘 염두에 두는 게 좋을 듯합니다.

왜 육하원칙의 구성 요소가 글쓰기에서 중요할까요?

먼저 '누가'를 보겠습니다. 모든 사물의 변화에는 인과 관계가 작동합니다. 눈에 보이는 물리의 세계이든, 눈에 보이지 않는 양자역학의 세계이든, 작은 변화이든, 큰 변화이든 변화를 일으키는 행위의 주체들이 있습니다. 그것이 비물질이든 반물질이든 생명체이든 하나의 무언가가 다른 무언가에 틈입해 들어가면서 변화는 시작됩니다. 어느 것이 작동의 우선 원인인가에 대해서는 무수한 이야기들이 공존하지만,

일단 하나는 있다고 보는 게 인지적으로 편안합니다. 그래야 자신의 생존 확보에 극히 유리하기 때문입니다. 이것과 '누가'가 무슨 연관이 있다는 것일까요? 우리는 모든 현상의 행위 주체에 우선적으로 관심을 두고 있다는 것입니다. 그래서 '누가'가 먼저 나오는 규칙을 만들었다고 볼 수 있습니다.

다음으로 '언제, 어디서'를 보겠습니다. 시간과 공간입니다. 시간을 안다는 것은 행위 주체의 조건 파악에 유리하기 때문입니다. 공간도 마찬가지입니다. 이를 알아야 인과 관계의 변화를 더 잘 가늠할 수 있습니다. 이 역시 자신의 생존 확보에 결정적 기여를 하기 때문에 빨리 알면 알수록 좋은 것입니다.

마지막으로 '무엇을, 어떻게, 왜'를 보겠습니다. '무엇을'은 행위 주체가 변조를 가하는 대상이고, '어떻게'는 방법과 수단이고, '왜'는 행위 주체의 행위에 대한 합당한 정리 서술입니다.

우리 사는 세상, 육하원칙에서 벗어나는 게 또 있을까요? 현상에 대해 우리가 제일 궁금해하는 것들이 인과적으로 잘 연결되어 빠른 이해를 돕는 문장 구조 아닌가요?

다음에 열거된 단어를 기본으로 상상력을 동원해 글을 쓰되 '사실' 위주로 쓰기 바랍니다. '사실(事實)'에 대한 사전적 정의는 "실제로 있었던 일이나 현재에 있는 일"입니다. 그래서 '사실'은 눈으로 볼 수 있는 팩트(fact)이자 텍스트(text)라고 할 수 있습니다.

'1980년, 전라남도 광주, 5월 17일, 계엄군, 시민, 정치.'

_____

_____

_____

_____

다음은 위와 똑같은 단어를 가지고 '진실' 위주로 쓰기 바랍니다. '진실'의 사전적 정의는 "거짓이 없는 사실"입니다. 이를 위해 더 많은 '사실'들이 들어갈 수 있습니다. 즉 '사실'이라는 텍스트들에 또 다른 텍스트들이 연관성을 갖고 서술될 수 있다는 것입니다. 다시 말해 선생님이 쓰신 텍스트를 보시고 선생님이 가진 지식정보와 판단력, 그리고 가치관을 넣어 사실의 실체를 파악하는 진실의 글쓰기를 해보시라는 겁니다.

_____

_____

_____

_____

　　두 글의 차이를 다시 한 번 보시기 바랍니다. 둘 다 육하원칙이 잘 적용되었나요? 어떤 글이 더 마음에 드시나요?

　　진실의 일치는 둘째 치고 사실의 왜곡도 부지기수로 일어나는 게 우리 사는 현실입니다. 그래서 서로의 관점을 드러내기 위해 사실에 맥락을 부여해 자신의 주장을 펼칩니다. 사실 자체가 틀렸으면 아무 할 말이 없지만, 사실을 똑같은 사실로 보고 진실에 대한 접근이 다르면 서로가 답답해합니다. 그래서 자신의 생각을 더 정확히 드러내기 위해 우리는 의도하든 의도하지 않든 늘 콘텍스트(맥락) 글쓰기를 합니다. 그 기본은 바로 사실을 정확히 기술하는 육하원칙입니다.

　　독일 철학자 칸트는 "맥락이 없는 사실은 맹목적"이라고 말했습니다. 맥락에 대한 체계적 이해는 글쓰기에서 아주 중요합니다. 그런데 이 맥락 파악이 쉽지 않습니다. 지각을 통해 일어나는 맥락은 대개 무의식에 들어가 있기 때문입니다. 이를 꺼내는 것은 모두 추론입니다. 독일 물리학자이자 언어학자인 헬름홀츠는 "지각은 무의식적 추론이다"라고 말했습니다. 글쓰기는 지각된 추론의 문자화 행위입니다. 그래서 처음 쓰게 되는 글들은 대개 중구난방입니다. 어느 구석에 쌓여 있는지 모를 생각들이 톡톡 튀어나오기 때문입니다. 당연한 현상들입니다. 이를 해결해 나가는 길은 단 하나, 매일 꾸준히 쓰되 처음에는 육하원칙을 염두에 두고 거기에 진실의 맥락을 부여해 나가다 보면 좋은 글이 만들어질 것입니다.

표상주의와 추론주의

콘텍스트 글쓰기에서 중요하게 다루어야 할 개념이 추론입니다. 추론(推論)의 사전적 정의는 "미루어 생각하여 논함" 및 "어떠한 판단을 근거로 삼아 다른 판단을 이끌어 냄"입니다. 추론과 함께 다루어야 할 개념은 표상입니다. 표상(表象)의 사전적 정의는 "상징(象徵)" 및 "감각(感覺)의 복합체(複合體)로서 마음에 그릴 수 있는 외적 대상(對象)의 상(象)"입니다. 표상은 영어로 '재현(representation)'입니다.

다음 소재 가운데 하나를 택해서 글을 쓰기 바랍니다.

'봄, 여름, 가을, 겨울.'

어떤 계절을 어떻게 쓰셨나요? 개나리와 진달래가 피는 따뜻한 봄, 만물이 소생하는 봄을 지나 무더위가 기승을 부리는 여름, 결실의 계절 가을 하늘은 맑고 나뭇잎은 곱게 단풍이 들고, 다시 봄을 움트기 위해 깊은 동면에 들어간 추운 겨울 등등이 표현되지 않았나요? 물론 이렇게 쓰지 않은 선생님들도 계시겠지만, 일단 이런 식으

로 썼다고 하고 말을 이어가겠습니다.

이번에는 봄에서 연상되는 단어를 쭉 써보시기 바랍니다.

_____

이번에는 여름에서 연상되는 단어를 쭉 써보시기 바랍니다.

_____

이번에는 가을에서 연상되는 단어를 쭉 써보시기 바랍니다.

_____

이번에는 겨울에서 연상되는 단어를 쭉 써보시기 바랍니다.

_____

그럼 수고스럽지만 사계절 가운데 하나를 선택해 써도 되고, 소재를 '사계절'로 해서 써도 됩니다. 꼭 쓰기 바랍니다.

_____

_____

_____

_____

처음 쓴 글과 차이가 느껴지나요? 계절과 관련된 언어가 더 많이 떠올랐으니 글이 당연히 나아졌겠지요.

처음 쓴 글을 '표상의 언어'로 보고 나중에 쓴 글을 '추론의 언어'로 지칭해 이야기를 전개시켜 나가겠습니다. 이 이론은 《표상의 언어에서 추론의 언어로》를 근거로 하고 있지만, 저도 완벽히 이해하지 못하고 있습니다. 다만 이 책의 개념을 빌려 제 생각을 덧붙여 보겠습니다.

표상주의에 따르면 언어는 세계를 표상한다고 합니다. 무슨 말일까요? 표상주의는 언어와 세계 사이의 관계에 주목한다는 것입니다. 이는 또 무슨 말일까요? 선생님들이 계절에 대해 쓴 처음 글을 상기시켜 보시기 바랍니다. 봄 하면 자연스레 떠오르는 언어들이 봄이란 세계를 재현해내고 있다고 여긴다는 것입니다. 그 언어는 봄을 표상하는 보편타당하고도 객관적인 언어라는 인식을 우리가 갖고 있다는 것입니다. 그래서 봄이라는 세계와 언어를 만들어내는 언어 사용자는 관계 형성이 없게 됩니다. 언어 사용자와 봄이 상호작용하는 과정에서 빚어진 문장인데도 이는 실종되었다는 것입니다.

처음 글을 쓰는 분들은 이 부분에 대한 자각을 갖기 어렵습니다. 그래서 고만고만한 글의 내용을 가지고 있습니다. 봄은 늘 그런 언어로 표상된다는 것에 아무런 문제를 던지지 않습니다. 누구나 공감하는 묘사로 무사히 넘어가면 그만이었던 것입니다.

《표상의 언어에서 추론의 언어로》 저자인 이병덕 교수는 "추론주의 의미론의 가장 근본적인 개념은 참인 표상이 아니라 옳은 추론이다. 따라서 언어표현의 의미는 표상되는 것에 의해서가 아니라, 추론적 역할에 의해 설명된다"라고 말했습니다. 무슨 말일까요? 추론주의 의미론은 언어 사용자와 언어 사이의 관계에 주목합니다. 봄을 연상하는 일반 범주의 언어가 아니라 언어 사용자 안에 깊숙이 내재되어 있는 실질적인 봄의 언어들이 나와야 한다는 것입니다. 즉 언어 사용자의 삶이 철저히 반영된 언어가 쭉쭉 이어지기를 바란다는 것입니다.

추론주의는 비트겐슈타인의 언어철학을 출발점으로 하고 있습니다. 그래서 이병덕 교수는 "비트겐슈타인에 따르면 언어는 수정같이 맑고 투명하며, 순수한 그런 것이 결코 아니다. 언어는 우리의 삶과 엉켜 있다. 따라서 언어는 우리의 삶을 반영한다"라고 말을 합니다. 무슨 말일까요? 그동안 언어가 세계를 표상한다고 해서 언어 고유의 상징성을 인정했지만, 이는 언어 사용자를 간과했다는 점에서 문제가 있다는 것입니다. 즉 봄을 대표하는 표상 언어가 누군가에게는 그렇지 않을 수도 있다는 것이지요.

문제는 '참인 표상'이 아니라 '옳은 추론'인데, 왜 우리는 '옳은 추론'을 힘들어 할까요?

이때 개입되는 것이 가치관에 따른 생존 방식입니다. 그것은 고스란히 가치관이 반영된 언어 사용에 나타납니다. 즉 언어의 연결인 문장은 문장이 표상되는 것에 의해 의미부여가 이루어지는 것이 아니라 언어 사용자와 그 외 사람 간의 추론적 역할에 의해 그 문장이 설명된다는 것입니다. 다시 말해 쓰는 사람도 읽는 사람도 행간을 통해 글을 이해하고 있다는 것인데, 왜 우리는 그걸 표면으로 드러내 말하거나 글쓰기를 꺼려할까요? 자칫 잘못하면 생존에 치명타를 입을 수 있기 때문입니다.

문학 글이든 논리 글이든 모든 글은 질문을 통한 추론의 과정을 거쳐 글이 됩니다. 또한 이 모든 것은 콘텍스트에 의해서 결정됩니다. 이 인식 과정을 알고 있으면 봄에 대해 쓸 때 꼭 그 단어를 써야 한다는 고정관념에서 벗어날 수가 있습니다. 과학자들에 의하면 우리는 우주의 96퍼센트를 모른다고 합니다. 지구 생명체들도 10퍼센트밖에 모른다고 합니다. 이는 우리가 언어로 연결할 대상들이 무궁무진하다는 겁니다. 달리 말해 봄과 연결되는 단어는 무한대라는 것입니다. 그것을 만들어내는 것은 개개인의 언어 사용자, 즉 선생님 자신입니다. 그 과정은 생각하고 또 생각하고 또 생각하는 추론이고 말입니다.

마지막으로 봄에 대해 한 번 더 써보겠습니다.

_____

_____

_____

_____

혹, 선생님 글에 봄이라는 자연 묘사를 떠나 즐겁거나 아팠던 기억들이 들어가 있나요? 거기서 빚어진 감정들을 충분히 표현하셨나요? 혹 '노란 개나리가 피었다' 가 아니라 '애기똥색 개나리가 봄에 퍼지고 있다'라고 쓰지는 않으셨나요?

글쓰기에 재미를 붙이려면 선생님만의 생각이 언어로 표현되는 기쁨을 자주 만 끽해야 합니다. 자기만족이어도 상관없습니다. 생각하고 또 생각하고 쓰고 또 써야 만 이른바 상투어에서 벗어나는 나만의 언어 세계가 만들어지고, 그것이 확장시키는 짜릿한 인식의 전율을 맛보니까요.

이효석과
김서정

언어와 세계 사이에 언어 사용자가 있다는 점에 주목하고 이야기를 풀어가겠습니다.

다음 제시하는 다섯 단어를 가지고 글을 쓰기 바랍니다.

'길, 산허리, 달, 메밀꽃, 나귀.'

_____

_____

_____

그럼 '길, 산허리, 달, 메밀꽃, 나귀' 다섯 단어가 있는 이효석의 《메밀꽃 필 무렵》 을 보겠습니다.

"길은 지금 산허리에 걸려 있다. 밤중을 지난 무렵인지 죽은 듯이 고요한 속에서 짐승 같은 달의 숨소리가 손에 잡힐 듯이 들리며, 콩 포기와 옥수수 잎새가 한층 달에

푸르게 젖었다. 산허리는 온통 메밀밭이어서 피기 시작한 꽃이 소금을 뿌린 듯이 흐 뭇한 달빛에 숨이 막힐 지경이다. 붉은 대궁이 향기같이 애잔하고 나귀들의 걸음도 시원하다. 길이 좁은 까닭에 세 사람은 나귀를 타고 외줄로 늘어섰다. 방울 소리가 시원스럽게 딸랑딸랑 메밀밭께로 흘러간다."

익숙한 글이지요. 특히 "산허리는 온통 메밀밭이어서 피기 시작한 꽃이 소금을 뿌린 듯이 흐뭇한 달빛에 숨이 막힐 지경이다"라는 문장은 메밀꽃 필 때면 어김없이 등장하는 단골 메뉴이지요. 그런데 아무리 봐도 선생님 눈에는 '소금' 비유가 적당하지 않아 이 문장에 소금을 뿌리기 위해 다른 표현을 만들어냈다고 해요.

직접 써보시기 바랍니다.

쓴 분도 계시고, 그렇지 못한 분도 계시겠지요.

한국 소설에서 명문장으로 손꼽히는 이 대목을 가져온 이유는 이렇습니다. 역시 콘텍스트와 관련되는 것입니다.

이효석 소설가 고향은 강원도 평창입니다. 저도 강원도 평창에서 태어나기는 했습니다. 이 말은 그곳에서 태어나기만 했지 한 살 이후로 성장은 충남 논산과 인천에서 했다는 것입니다. 이효석 같은 감성을 가질 수 없습니다. 메밀밭을 보는 맥락이 다를 수밖에 없습니다. '소금'과 상호작용한 경험도 많이 다를 것입니다. 게다가 가장 중요한 것은 이효석 소설가는 저보다 글을 잘 씁니다. 하지만 이보다 더 중요한 것은 이효석은 이효석이고 김서정은 김서정입니다. 무슨 말일까요? 잘 쓴 글에 주눅 들지 말고 멈추지도 말고 자기 글을 계속 써나가라는 것입니다.

강의 시간에 자신이 쓴 글과 이효석이 쓴 글을 보고는 하나같이 모두 탄식을 합니다. 그러면서 말합니다. 언제 저렇게 쓸 수 있을까? 이효석 경지에 오르면 정말 좋겠지요. 하지만 모두가 같을 수 없습니다. 이 부분을 정확히 인식하고 있어야만 지속적인 글쓰기가 이어지고 언젠가 혹 이효석처럼 될 수도 있지 않을까요?

잠시 공부 차원에서 예시 글이 왜 좋은지 제 생각을 말씀드리겠습니다.

우선 상황 파악이 용이합니다. 풍경을 볼 때 우리는 원경(遠景)과 근경(近景) 가운데 어디를 먼저 볼까요? 아무래도 원경에서 근경으로 시선이 이동하는 게 장소 이해에 도움이 되지 않을까요? 예시 글은 이 원칙을 잘 반영하고 있습니다. 그 다음으로 풍경의 구성 요소들을 눈과 귀, 느낌을 사용해 유기체처럼 그려내고 있습니다. 독자가 그 안에서 함께 흔들거리는 것 같지요.

이른바 문장 분석을 해보았지만 말이 쉽지 어디 아무나 저렇게 쓸 수는 없겠지요. 이때 무엇이 중요하다고요? 네, 이효석은 이효석이고 선생님은 선생님이라는 자각이 글쓰기에서 절대적으로 필요하다는 것입니다.

시를 쓰는 분들을 위해 하나 더 해보겠습니다. 다음 다섯 단어를 사용해 시를 쓰기 바랍니다.

'별, 사랑, 헤어지다, 바닷가, 칼날.'

_____

_____

_____

_____

위 다섯 단어가 있는 시를 읽어보겠습니다.

우리가 어느 별에서

우리가 어느 별에서 만났기에
이토록 서로 그리워하느냐
우리가 어느 별에서 그리워하였기에

이토록 서로 사랑하고 있느냐

사랑이 가난한 사람들이
등불을 들고 거리에 나가
풀은 시들고 꽃은 지는데

우리가 어느 별에서 헤어졌기에
이토록 서로 별빛마다 빛나느냐
우리가 어느 별에서 잠들었기에
이토록 새벽을 흔들어 깨우느냐

해 뜨기 전에
가장 추워하는 그대를 위하여
저문 바닷가에 홀로
사람의 모닥불을 피우는 그대를 위하여

나는 오늘밤 어느 별에서
떠나기 위하여 머물고 있느냐
어느 별의 새벽길을 걷기 위하여
마음의 칼날 아래 떨고 있느냐

— 정호승

시를 예시 글로 가져온 이유는 이렇습니다. 산문과 달리 시는 언어 사용자의 자유
가 극대화된 장르입니다. 그래서 읽어도 무슨 말인지 곧바로 이해가 안 됩니다. 이해
가 안 되지만 뭔가 애틋하고도 아련한 느낌이 오는 시들도 있습니다. 그래도 궁금합니

다. 바로 맥락입니다. 뭔가 앞뒤가 있을 텐데 도무지 파악 불가이니 답답합니다. 그 답답함에 찌릿찌릿 감전을 일으키는 게 시일지도 모릅니다.

기사이든 역사 글이든 소설이든 시이든 모든 글은 언어 사용자의 콘텍스트 속에서 쓰여지는 텍스트입니다. 하지만 우리는 콘텍스트를 추론할 뿐 그 진실을 알지 못합니다. 텍스트에 나타난 언어가 표상을 갖고 있다 보고는 그걸 중심으로 콘텍스트 속에서 텍스트만을 추론해 나갑니다. 따라서 단 하나의 사물 표현에도 일치점이 있을 수 없고 다른 의견들만 있게 됩니다. 이는 모두의 표현 방법과 능력이 다를 수밖에 없다는 것입니다. 이를 인정하지 않으면 지속적인 글쓰기는 불가능합니다. 적어도 3년 이상은 매일 써야 자신의 글을 어느 정도 객관적으로 볼 수 있다고 저는 생각합니다. 그런데도 이효석처럼 쓸 수 없다며 곧바로 의지를 꺾고 포기하는 분들이 계십니다. 그러지 않았으면 좋겠다는 게 제 생각입니다.

3강을 마치겠습니다. 감사합니다.

4장

A4 한 장으로
배우는
글쓰기
기본 규칙

반갑습니다. 4강을 시작하겠습니다.

도서관이나 문화센터 등에서 글쓰기 수업을 하면 후반부로 갈수록 수강생이 줄어듭니다. 글쓰기가 삶에 도움이 된다고 끊임없이 동기부여를 해도 막상 쓰려니 힘이 들어서입니다. 무작정 쓰라는데 뭘 어떻게 써야 할지 책상 앞에 앉기만 하면 스트레스만 받습니다. 강사는 A4 한 장 숙제로 꼭 써와야 한다는데 부담이 이만저만이 아닙니다. 혼자 쓰고 혼자 보면 모르겠는데 그걸 모두가 본다고 여기니 차라리 안 가고 맙니다. 글이 나도는 순간 밀려올 수치심과 낭패감 때문입니다. 내 생각은 그게 아닌데 왜 이렇게 표현이 되는지 항변이라도 하고 싶지만 그럴 수 없습니다. 글은 무형(無形)의 말이 아니라 유형(有形)의 글이니까요.

생각을 글로 올바로 표현하는 사람을 작가라고 합니다. 하지만 모든 작가의 모든 글이 그렇게 보이지 않습니다. 차라리 내가 쓰면 저 정도 이상은 쓸 것 같습니다. 그래서 책상에 앉았는데 서너 줄 쓰다가 중단하고 맙니다. 바다처럼 넓게 포진해 있는 생각들이 막상 뚜껑을 열고 보니 막힌 하수도 같습니다. 아무것도 배설되지 않습니다.

4강부터는 실전 위주로 수업을 하겠습니다. 생각이 글로 나타날 수 있도록 하고, 그 글이 제 모양을 갖추도록 절차를 밟아가겠습니다. 이를 위해서 필요한 게 바로 선생님들의 A4 한 장 분량의 글입니다. 왜 A4 한 장일까요? 큰 의미는 없습니다. 현재 우리가 많이 쓰기 때문입니다. 그전 같으면 200자 원고지를 썼겠지요. A4 한 장은 200자 원고지 7~8매 정도 되는 것 같습니다.

이 책의 판형은 A4(국배판)가 아니고, 그보다는 약간 작은 판형입니다. 그러니 대략 2쪽에 걸쳐서 이 책에 직접 글을 쓰기 바랍니다. 손 글씨가 부담스러우면 컴퓨터로 작성을 한 다음 출력을 해서 곁에 놓고 이 책을 계속 읽어가기 바랍니다.

주제, 소재는 따로 없습니다. 장르도 상관없습니다. 일단 분량만 A4 한 장을 채우시기 바랍니다.

_____

_____

_____

_____

_____

_____

_____

_____

_____

_____

_____

_____

_____

누가
작가인가

선생님이 쓴 글을 보면서 《창의적인 글쓰기의 모든 것》에 나오는 작가 정의를 들여다보겠습니다. 몇 개에 해당하는지 동그라미를 쳐보시기 바랍니다.

1. 대상을 자세히 보는 관찰자(자세히 보라) ( )

2. 대상의 말을 주의 깊게 듣는 경청자(잘 들어라) ( )

3. 대상에게 인격을 부여하는 애니미스트(생명을 부여하라) ( )

4. 대상에게 애정을 갖는 휴머니스트(인간을 써라) ( )

5. 대상을 자기 나름대로 정의하는 안내자(정의를 내려라) ( )

6. 대상에서 삶의 위치를 깨닫는 철학자(의미를 찾아라) ( )

7. 대상을 자기 나름의 기준으로 보는 각성자(자신을 돌아보라) ( )

8. 대상의 미래 모습을 예측하는 예언자(삶의 방향을 찾아라) ( )

9. 대상의 과거 모습을 반추하는 성찰자(대상을 과거, 현재, 미래의 관점에서 보라) ( )

10. 대상에게 왜라고 질문하는 질문자(당연한 것도 다시 캐물어라) ( )

11. 대상을 남달리 낯설게 만드는 이방인(남이 보지 못한 것을 보라) ( )

12. 대상의 여러 면을 두루 쪼개보는 분석자(자세히 보고 가지치기를 하라) ( )

13. 대상을 자신의 내면에 비춰보는 연결자(외적인 것과 내적인 것을 연결하라) ( )

동그라미가 몇 개 이상이어야 한다는 정답은 없지만 많으면 많을수록 좋겠지요.

그렇다면 작가는 어떻게 한순간에 이런 내용을 담은 글을 써넬 수 있을까요? 프랑스 정신의학자 라캉은 "무의식은 언어처럼 구조화되어 있다"고 말했습니다. 무슨 말일까요? 우리가 평소 인지하지 못하고 있는 무의식들도 언어 형태로 저장되어 있는데, 무질서하기보다 질서정연하게 구조화를 도모하고 있다는 것이지요. 그래서 하나를 길어 올리면 그것이 마중물이 되어 잊고 있던 기억들, 평소 생각지 못했던 생각들이 쭉쭉 올라온다는 것입니다. 그 기억의 문자화를 막는 일차적 장애가 수치심이고요. 무의식인 속마음이 드러나면 창피하잖아요?

그럼 수고스럽지만 선생님이 쓴 A4 한 장 글을 보면서 문장별로 작가 정의 번호를 연결해보시기 바랍니다. 어렵지요? 왜 그럴까요? 이렇게도 볼 수 있고 저렇게도 볼 수 있기 때문입니다. 하나의 문장에 수많은 생각들이 중첩되어 들어갈 수 있는 게 우리의 생각입니다. 다만 그 생각들이 나올 때는 가급적 하나의 문장에 하나의 생각이 담기는 게 좋습니다. 그런데 이게 꽤 어렵습니다. 왜 그럴까요?

《뇌, 생각의 출현》에 나오는 내용입니다.

"우리가 최종 목적지인 생각의 출현까지 가기 위해서는 많은 것들을 알아야 하는데, 그중 중요한 것으로 다음의 대략 스물다섯 가지를 말할 수 있습니다.

1. 신경세포, 2. 이온 채널, 3. 신경계의 진화, 4. 신경계의 발생, 5. 감각 입력과 운동 출력, 6. 유아기의 뇌, 7. 기억과 학습, 8. 신경전달물질, 9. 감각기관의 진화, 10. 운동 출력, 11. 감정, 12. 작업 기억, 13. 주의 집중, 14. 1차 의식, 15. 호모사피엔스에서 가능하게 된 언어를 매개로 한 고차 의식, 16. 언어의 출현, 17. 자폐증, 18. 감각질, 19. 궁극적인 자아의식, 20. 신념 기억과 학습, 21. 꿈의 진화, 22. 감정과 느낌, 23. 무의식적 자동 반응, 24. 신경신학, 25. 세계상의 출현(바깥세상이 어떻게 출현하게 되었으며, 우리가 그것을 어떻게 내면화하게 되었는가의 문제)."

우리의 생각이 만들어지기까지의 역사인데, 정말 단순하지가 않습니다. 여기에 언급된 25가지 항목을 또 파고들어야 생각의 윤곽이 잡힐 텐데 엄두가 나지 않습니다. 전공자 혹은 공부에 취미가 없다면 가까이 하기 어려운 분야입니다.

하지만 알고 보면 선생님들이 쓴 A4 한 장에 이 모든 것이 담겨 있습니다. 나이, 학력, 성별, 경험의 많고 적음, 책을 많이 읽고 적게 읽음, 글쓰기에 관심이 있고 없음을 떠나 A4 한 장을 완성했다면 그것으로 글쓰기 업그레이드는 준비되었습니다. 글을 써낸 순간 선생님은 작가가 된 것입니다. 이제부터는 자신의 글과 상호작용하는 메타인지 능력을 길러 글쓰기 실력을 향상시키면 될 것입니다.

A4 한 장을
어떻게 채울 것인가

메타인지(Meta Cognition)는 자신이 무엇을 하는지 객관적인 눈을 가지고 볼 수 있는 인지 능력입니다. 즉 내가 무엇을 아는지, 무엇을 모르는지, 아는 것은 어떻게 더 심화시켜 나가는지, 모르는 것은 어떻게 보완하는지 등을 자신의 바깥에서 비교적 냉철한 시각으로 판단할 줄 안다는 것입니다.

그럼 글쓰기에서 메타인지 능력을 가지려면 어떻게 해야 할까요? 자신의 글에서 무엇이 문제인지 보면 되겠지요. 그런데 이를 어떻게 알까요? 글의 기준점에 대한 공부가 안 되어 있는 상태인데요.

글쓰기에 정답은 없지만 대략 규칙은 있다고 했습니다. 이것에 대해 하나씩 알아보는 시간을 갖겠습니다.

그런데 아직 A4 한 장을 다 쓰지 못했다고요? 가장 좋은 방법은 질문을 던진 다음에 그에 대한 답을 글로 써나가면 된다고 했습니다. 안 된다고요? 그럼 질문을 여러 개 던진 다음 답을 해나가면 됩니다. 그것도 어렵다고요?

실제로 그렇습니다. A4 한 장이라도 채워 보려고 글쓰기 수업을 받는데 무턱대고 쓰라고 하면 어떻게 하느냐고 항의하실 수 있습니다.

그럼 저와 함께 해보겠습니다.

선생님 주위에 있는 물건들을 모두 쓰기 바랍니다.

물건을 지시하는 품사를 우리는 명사라고 부릅니다. 물건들을 상징화하는 범주에 속한다고 보면 됩니다.
　　이번에는 명사를 수식할 수 있는 형용사를 명사 앞에 붙여 함께 쓰기 바랍니다.

형용사는 명사의 속성들을 중심적 구성원으로 갖는 개념적 범주라고 봅니다. 명사가 있어야만 형용사가 존재할 수 있다는 의미입니다.

이번에는 명사가 변형되는 동작에 합당한 동사들을 명사 뒤에 쓰기 바랍니다.

동사는 행동들을 중심적 구성원으로 갖는 개념적 범주로 봅니다. 이 역시 명사가 있어야만 존재하는 품사입니다.

이번에는 동사를 강조할 수 있는 부사를 동사 앞에 쓰기 바랍니다.

이제 선생님 주위를 다시 보시기 바랍니다. 사물들이 움직이는 것 같지 않습니까? 명사는 사물의 모습을 부각시키고 있고, 형용사와 부사는 멈춘 상태 즉 비시간적 개념으로 명사를 조명해주고 있고, 동사는 변화를 일으키는 시간적 개념으로 명사를 흘러가게 하지 않습니까? 이 모든 것들을 공간 개념으로 엮으려면 무엇이 필요할까요? 영어에서는 전치사이지만 우리에게는 조사가 있습니다. 격조사, 접속조사, 보조사를 명사들에 붙이면 무심한 공간이 관계로 엮이면서 거대한 유기체로 탈바꿈하는 것 같지 않습니까?

그런데 막상 이것들을 엮으려고 하니 문제가 생깁니다. 무엇을 선택하고 무엇을 버려야 할지 난감합니다. 이는 상당히 어려운 문제입니다. 그러니 일단 위에 쓴 것들을 쭉 쓰기 바랍니다. A4 한 장은 채워졌을 것입니다.

그러면 이런 게 무슨 글이냐고 말할 수 있을 것입니다. 글에는 인과 관계가 있어야 하는데, 열거가 무슨 글이냐고 말할 수 있습니다. 당연합니다. 하지만 일단 선생님은 성공했습니다. A4 한 장 가득 글을 담았습니다. 단순한 열거가 아니라 사물이 꿈틀거리는 모습이 펼쳐졌습니다. 언어가 그것들을 살아있게 했습니다. 언어 사용자인 선생님이 글로 세상과 연결되었다는 것입니다.

그런데 막 쓰다 보니 A4가 넘어버렸습니다. 어떻게 해야 할까요? 무엇을 넣고 무엇을 빼야 할까요?

무엇을 넣고
무엇을 뺄 것인가

A4 한 장을 아직도 못 채우셨다고요? 그럴 수도 있습니다. 누군가 해내도 정작 나 자신은 못할 수 있습니다. 누구에게나 다 똑같은 삶이 적용되는 것은 아니니까요.

저는 종교를 갖고 있지 않습니다. 그러면서도 삶의 궁극에 대해 늘 질문하고 탐색합니다. 그런데도 정작 영원한 생명을 보장한다는 교회에 나가지 않습니다. 깨달음으로 극락 열반에 들 수 있다는 절에도 가지 않습니다. 우리 삶의 문제를 단번에 해결하고 있는 듯한 말인데도 왜 저는 혹하지 않는 걸까요? 그것은 저도 잘 모르겠습니다. 어떻게 우리가 우리의 정신세계를 낱낱이 알 수가 있을까요? 정신의학자 칼 융은 무의식의 바닥까지 가서 모든 의식세계를 알았던 분으로 예수와 석가모니를 꼽았습니다. 제게는 그저 존경스러운 분들일 뿐입니다.

A4 한 장을 못 채운 분은 계속 읽어 가면서 언젠가 꼭 채우길 바라고, A4 한 장을 채운 분은 다음 이야기에 계속 귀 기울여 주시기 바랍니다.

글쓰기는 선택의 문제라는 점 반드시 기억해야 한다고 했습니다. 그럼《발터 벤야민의 공부법》에 나오는 내용을 토대로 글쓰기 단계를 다시 상기시켜보겠습니다.

벤야민은 집필에 세 단계가 있다고 했습니다. "글의 재료를 모으고 생각을 조직하는 사고의 단계, 그것을 문장으로 표현하면서 문체를 구축해가는 단계, 마지막으로 한 편의 글로 완성되는 단계"입니다. 이 단계를 벤야민은 '죽음'에 비유했습니다. 무언가를 죽이지 않으면 다음 단계로 넘어갈 수 없다는 것입니다. 좀 살벌하지만 사실입니다. 잘 죽이는 자가 좋은 글을 완성시킬 수 있습니다. 그럼 무엇을 어떻게 죽여야 할까요?

범주(範疇)라는 개념이 있습니다. 사전적 정의는 "동일한 성질을 가진 부류나 범위" 및 "사물의 개념을 분류함에 있어서 그 이상 일반화할 수 없는 가장 보편적이고 기본적인 최고의 유개념(類概念). 아리스토텔레스에 의하여 술어화된 것으로, 분류의 기준과 구체적인 분류 내용은 철학자들마다 다르다"입니다.

아래 지시어 가운데 하나를 고르기 바랍니다.

'가구, 의자, 안락의자'   (_____)

아래 지시어 가운데 하나를 고르기 바랍니다.

'탈것, 자동차, 스포츠카' (_____)

무엇을 골랐나요? '의자'와 '자동차'를 고른 분을 위주로 말을 이어가겠습니다.

범주 개념이 어렵지만 이는 고전적 범주 이론에 해당한다고 인지언어학은 말합니다. 아리스토텔레스가 말한 고전적 범주 이론은 기본적 범주 구성원의 자격이 동등한 것으로 봅니다. 기준점 즉 기본층위가 없기 때문입니다. 하지만 인지언어학에서는 "사람들은 '이러이러한 자격을 갖추었으니까 무엇이다'라고 생각하기보다는 '더 좋은, 가장 좋은, 더 중심이 되는' 등과 같은 기준을 가지고 고민하는 경우가 많다"고 말합니다.

기본층위(基本層位)의 사전적 정의는 "대상을 지각하고 개념화하는 보편적 층위. 상위 관계와 하위 관계를 이루는 하나의 분류 위계 관계에서 일반적으로 가장 현저하게 사용되고, 이른 시기에 습득되는 층위이다"입니다. 그러고는 덧붙여 "예를 들어, 탈것의 하위 범주에 자동차 · 비행기 · 배 따위가 있고, 자동차 아래에 스포츠카 · 세단 · 트럭 따위가 있는 위계 관계에서, 자동차 · 비행기 · 배가 포함되어 있는 층위를 이른다"라고 합니다.

선생님들이 고른 것을 다시 보시기 바랍니다. '의자'와 '자동차'를 골랐으면 기준이 되는 것을 선택했다는 것이고, '가구'와 '탈것'을 골랐다면 상위어를 선택했다는 것이고, '안락의자'와 '스포츠카'를 골랐다면 하위어를 선택했다는 것입니다.

인지언어학에서는 기본층위의 특징에 대해 이렇게 말합니다.

"조건 1: 기본층위는 단일한 심상이 전체 범주를 표상할 수 있는 가장 높은 층위이다.

조건 2: 기본층위는 범주 구성원들이 유사하게 지각되는 전체적 형태를 갖는 가장 높은 층위이다.

조건 3: 기본층위는 한 사람이 범주 구성원들과 상호작용하기 위해 유사한 근육 운동 행위를 사용하는 가장 높은 층위이다.

조건 4: 기본층위는 우리 지식의 대부분이 조직화되는 층위이다."

좀 어렵게 설명하고 있지만, 이런 식으로 이해해보겠습니다.

A4 한 장에 채운 물건들이 너무 많습니다. 선생님에게 친숙한 것도 있고 거리가 먼 것도 있습니다. 친숙한 것은 남겨두고 먼 것은 버릴까요? 그런데 곧바로 실행에 옮겨지지 않습니다. 왜 그럴까요? 기본층위가 작동하고 있기 때문입니다.

의자의 경우로 좁혀서 보겠습니다. 의자의 종류를 한 번 열거해 보겠습니다.

'소파, 팔걸이의자, 등받이의자, 흔들의자, 접이식의자, 스태킹의자, 유아용식탁의자, 보조의자, 안마의자, 화장대의자……'

선생님 주위에 어떤 의자가 있습니까? 선생님은 그 의자를 무어라고 썼나요? 그냥 의자입니까, 아니면 팔걸이의자입니까? 여기서 선택이란 고민이 시작됩니다. 의자라고 써야 하나, 팔걸이의자라고 써야 하나?

이 부분이 처음 글을 쓰는 분들한테 가장 큰 고민이 아닐까 생각해 봅니다. 하위어를 쓰면 사람들이 못 알아볼 것 같아 걱정, 상위어를 써도 역시 마찬가지일 것 같아 선뜻 선택을 못합니다. 이는 선생님이 의식하지 못해도 글쓰기 장애로 작동하고 있습니다.

다음은 《인지와 언어》에 나오는 내용입니다. 이 가운데 어느 층위가 기본층위일까요?

"1층위: 단일한 시작(예, 식물, 동물)

2층위: 생물 형태(예, 나무, 관목, 꽃)

3층위: 종명(예, 소나무, 참나무, 단풍나무, 느릅나무)

4층위: 속명(예, 폰더로사소나무, 흰 소나무, 작은 소나무)

5층위: 변종명(예, 북폰더로사소나무, 서폰더로사소나무)"

인지언어학에서는 3층위라고 말합니다. 대략 그런 것 같습니다. 우리가 주위의 나무에 대한 언어를 고를 때 익숙한 나무에 대한 부분은 서술할 수 있습니다. 하지만 그것을 그냥 나무라고 하거나 더 깊이 들어가 우리에게 익숙지 않은 나무 이름을 곧바로 쓰지는 않습니다. 식물이나 나무는 너무 범위가 넓어 구체적으로 다가오지 않고, 4~5층위는 전문적이어서 일반적이지 않기 때문입니다.

이제 A4 한 장에서 무엇을 남기고 무엇을 뺄지 공부해 보겠습니다. 기본층위에 해당하는 단어들은 남기고 나머지는 버립니다. 너무 텅 비면 상위어나 하위어를 기본층위 언어로 바꾸어 봅니다.

A4 한 장에 무엇을 채우기 어려운 선생님들, 우리에게 익숙한 기본층위 언어를 선택해 서술해 나가면 가능하지 않을까요?

짜임새 있는
글 만들기

현재까지 제가 한 말을 잘 따라했다면 선생님이 가지고 있는 A4에는 단어들로 가득할 것입니다. 그리고 익숙할 것입니다. 깊게 생각하지 않아도 알아들을 수 있는 기본층위 언어로 채워졌기 때문입니다.

그럼 다음 단계로 나아가 보겠습니다. 단순한 열거는 글이 아니고 글은 인과 관계가 있어야 한다고 했습니다. 상당히 어려운 영역입니다. 그래서 쉬운 것부터 해보겠습니다.

A4에 쓰인 내용들을 다음 중 하나를 택해서 다시 쓰기 바랍니다. 가급적 다 해보면 더욱 좋겠지요.

'1. 가장 좋아하는 것들을 순서대로 쓰고 그 이유를 쓰세요.

2. 가장 싫어하는 것들을 순서대로 쓰고 그 이유를 쓰세요.

3. 서너 개의 물건에 담긴 좋은 추억을 떠올려 쓰세요.

4. 서너 개의 물건에 담긴 나쁜 추억을 떠올려 쓰세요.

5. 하나의 물건에 담긴 좋은 추억을 떠올려 쓰세요.

6. 하나의 물건에 담긴 나쁜 추억을 떠올려 쓰세요.'

어떤가요? 글에 질서가 잡히는 것 같나요. 인과 관계도 형성되는 것 같나요? 글의 윤곽이 좀 잡힌 것 같나요?

단순한 열거에서 글이 짜임새 있게 넘어가는 과정에 대해서 이야기를 해보겠습니다.

글이 짜임새 있게 보이려면 윤곽이 뚜렷해야 합니다. 윤곽(輪廓)의 사전적 정의는 "일이나 사건의 대체적인 줄거리" 및 "사물의 테두리나 대강의 모습" 그리고 "인지적으로 낱말이 지시하는 실체를 받아들이는 틀. 바탕이 되는 큰 단위에서 하위 구조를 부각시킴으로써 나타난다"입니다. 부연 설명으로 "예를 들어 '손가락'은 더 큰 바탕인 몸, 팔, 그리고 손으로 영역이 좁혀지면서 그 안에서 지위를 획득한다"도 있습니다. 영어로는 아우트라인(outline)입니다.

글쓰기 구상 단계에서 보통 이런 문제에 많이 직면합니다. 쓸거리를 정한 뒤 전체 틀을 잡아 놓고 쓸 것인가, 아니면 쓰면서 틀을 잡아갈 것인가. 이때 틀이 윤곽이고 아우트라인이고 프레임(frame)입니다. 그런데 이게 참 어렵습니다. 쓰다 보면 전체 틀이 무너지기 일쑤이고, 그러면 당황해 글이 두서없이 흘러갑니다. 어떻게 극복할 수 있을까요?

다시 말하지만 여기에는 매뉴얼이 없습니다. 꾸준히 오래 쓰다 보면 감(感)으로 잡아갈 수 있습니다. 꾸준히 오래 쓴다는 것은 온갖 형식을 다 써본다는 의미를 갖기 때문입니다. 그래도 틀 잡기는 어렵기만 합니다. 이러한 문제를 좀더 일찍 극복할 수 있는 방법이 있습니다. 같이 해보겠습니다.

명사로 지시되는 물체는 뚜렷한 윤곽을 가지고 있습니다. 대부분 직선 아니면 곡선입니다. 게다가 가급적 대칭 구조를 가지고 있습니다. 파악이 어렵지 않습니다. 그런데 문제는 그 물체들이 놓여 있는 자연은 분명한 윤곽선을 가지고 있지 않습니다. 인상파 화가 마네는 "자연에는 선이 없다"고까지 했습니다. 경계가 불분명합니다. 설명하기가 난감합니다. 어디가 지평선이고 어디가 수평선이고 어디가 하늘이고 어디가 땅인지 글로 표현하기가 여간 어렵지 않습니다. 이를 확실히 하기 위해 우리는 틀을 만들어 그 안에서 해결하려 하지만 그림처럼 한눈에 파악할 수가 없습니다. 왜 그럴까요? 불분명한 경계를 인식 그대로 풀어낸 언어 때문입니다.

해변(海邊)의 사전적 정의는 "바닷물과 땅이 서로 닿은 곳이나 그 근처"입니다. 해안(海岸)의 사전적 정의는 "바다와 육지가 맞닿은 부분"입니다. 무엇이 다르고 무엇이 같은 걸까요? 물론 해안의 안이 '언덕, 기슭'을 말하니 가장자리를 말하는 '변'과는 분명 다르겠지요.

네이버 한자사전을 보겠습니다. 해안은 "바닷가의 언덕이나 기슭. 바다 가까이의 육지(陸地)"이고, 해변은 "바다와 땅이 서로 잇닿은 곳이나 그 근처(近處)"입니다. 여기서 생각해볼 수 있는 것은 이런 것입니다. 바다에서 육지를 본 것인가, 육지에서 바다를 본 것인가, 하늘에서 본 것인가. '바다 가까이의 육지'를 해안이라고 보았으니 이는 바다의 관점인가요? '바다와 땅이 서로 잇닿은 곳'을 해변이라고 보았으니, 이는 하늘의 관점인가요? 그럼 육지의 관점은 없나요?

이번에는《인지언어학과 의미》에 나오는 영어 사례를 가지고 이야기를 계속해 보겠습니다.

land(육지, 땅), ground(지면, 땅), shore(해안, 호숫가), coast(해안)가 있습니다.

이 구성 요소는 크게 'SEA, EARTH, AIR'라는 틀 안에 있다고 여깁니다.

land는 바다와 대조되는 대지를 지시하며, ground는 하늘과 대조되는 대지를 지시한다고 합니다. shore는 수면의 관점에서 바라본 육지와 수면 사이의 경계로서 WATER와 BOUNDARY(경계선, 분계선)에 윤곽부여를 한다고 합니다. 반면에 coast는 육지의 관점에서 바라본 육지와 수면 사이의 경계로서 LAND와 BOUN-DARY에 윤곽부여를 한다고 합니다.

여기서 윤곽부여라는 개념이 나왔습니다. 영어로는 프로파일링(profiling)입니다. 개요 작성을 위한 자료나 정보 수집을 말하는 것입니다. 범인 추정에 많이 쓰이는 그 프로파일링과 같다고 보면 됩니다.

윤곽부여는 장면의 특정 요소에 현저성을 부여하는 것이라고 합니다.

다음 상황에 대해 글을 쓰기 바랍니다.

'지나가다 깨진 유리를 보았다. 무슨 일일까?'

_____

_____

_____

_____

인지언어학은 다음의 세 문장을 보여줍니다.

"영수가 망치로 유리를 깼다 → 망치가 유리를 깼다 → 유리가 깨졌다."

같은 장면이지만 초점을 어디에 두느냐에 따라 강조하는 부분이 다르다는 것을 알 수 있습니다. 그에 따라 문장도 당연히 다르게 쓰이게 됩니다.

짜임새 있는 글을 만들기 위한 윤곽 설명이 좀 어렵게 진행되고 있는 것 같습니다. 그럴 수밖에 없는 게 틀을 정하는 것은 선생님들 자신입니다. 불분명한 경계선을 가지고 있는 자연물에 대한 틀 짜기는 누구나 주관적으로 행할 수 있는 것입니다.

그래서 복잡할 수밖에 없는데, 이는 윤곽선이 없는 대상과 윤곽으로 분명하게 인식하려는 우리와의 상호작용 결과이기 때문입니다.

이러한 인식 과정을 저도 완전히 파악하고 있지 못합니다. 어렵기 때문입니다. 느낌은 있지만 똑바로 설명할 수가 없습니다. 그래도 정리는 좀 해보겠습니다.

우리의 일차적 인식 대상은 우리를 둘러싼 환경입니다. 거기에는 인간이 만든 윤곽 뚜렷한 물체와 경계가 없는 자연물들이 공존합니다. 세 구성 요소가 상호작용하면서 정신세계를 만들어내고 그것이 글로 나오는 게 글쓰기입니다. 일정 틀이 존재하기가 너무 어렵습니다. 특히 정신세계는 보이지도 않고 경계도 없습니다. 무한정 안으로 밖으로 모든 사물을 점령할 수 있습니다. 당연히 어지러울 수밖에 없습니다.

여기에서 어떻게 윤곽이 잘 잡히는 짜임새 있는 글을 만들어낼 수 있을까요? 외부 환경이든 마음의 굴레이든 일정 틀을 짜보는 것입니다. 선이 없는 자연물에 선을 그으면서 사고를 해보는 것입니다. 눈으로 수평선도 그어보고, 지평선도 그어봅니다. 그 안에서 하나하나 선을 그어가면서 공간 배치를 해나갑니다. 그러면서 강조하고 싶은 것을 전면으로 내세웁니다. 그게 주어일 수도 있고, 문장 앞일 수도 있습니다. 그러면서 문장이 나아가면 윤곽 안에서 움직이는 거라 분명한 문장이 나옵니다. 강조하고 싶지 않은 것은 배경으로 사라집니다.

윤곽으로 사물을 관찰하고 그 틀에서 글을 써나간다는 것, 말처럼 쉽지는 않습니다. 거듭 말하지만 꾸준히 오래 써야 합니다. 하지만 선 긋는 관찰법은 분명 짜임새 있는 글을 만드는 데 일조할 것입니다. 어렵지만 꼭 시도해 보시기 바랍니다.

선 긋기 관찰 다음으로 틀 개념 사고를 행해야 합니다. 이는 그리 어렵지 않습니다. 《인지언어학과 의미》에서는 "낱말 birthday가 상기하는 틀은 동일한 특별한 날이 매년 나타나는 달력이다. 이 달력 틀을 구성하는 틀 요소 중에서 특정 날짜라는 틀 요소에 윤곽부여함으로써, 그 낱말의 의미구조가 파악된다. 낱말 goalkeeper의 경우에 축구는 각 11명이 한 팀이 되어 두 팀이 하는 경기이며, 그 중 한 명은 손으로 공을 잡을 수 있다와 같은 축구 경기의 규칙이 그 틀이다"라고 말합니다.

《인지언어학과 의미》에 나오는 사례 하나를 더 보겠습니다.

"또 다른 예는 ceiling(천장)과 roof(지붕)이다. 이 두 낱말은 단층 건물이라는 틀을 공유한다. 단층 건물의 내부 꼭대기에 윤곽부여하면, 그 꼭대기는 ceiling이며, 외부 꼭대기를 윤곽부여하면 그 꼭대기는 roof이다. 따라서 그 두 낱말은 동일한 틀을 바탕으로 각기 다른 틀 요소에 윤곽부여한다는 점에서 차이가 난다."

이번에는 소설가 지망생을 위한 지침서《당신은 이미 소설을 쓰기 시작했다》에서 옮겨와 보겠습니다.

"질 들뢰즈의 성찰에 따르면, 사물들은 본래적인 성격을 따로 가지고 있는 것이 아니고, 무엇과 배치되느냐에 따라 그 의미와 뜻이 정의된다. 가령 '입'은 강의실, 마이크와 배치될 때 '말하는 기계'가 되고, 식당, 음식과 배치될 때 '먹는 기계'가 되며, 침실, 연인과 배치될 때 '섹스하는 기계'가 된다. 우리가 선택한 재료를 무엇과 연결하고 어디에 배치하느냐에 따라 내용이 사뭇 달라진다는 사실을 기억하는 것이 중요하다."

이처럼 모든 단어는 어떤 틀 속에서 어떻게 배치되고 어떤 식으로 연결하느냐에 따라 개념이 달라집니다. 모두 상호작용의 결과라고 보면 됩니다. 그리고 그에 따른 의미 변화도 정확히 직시해야 합니다. 그 과정에서 동일한 의미는 없습니다. 이를 놓치면 글쓰기에서 생동감이 사라집니다.

가령 이런 것입니다. 50대 남자의 경우, 집에서는 아버지, 회사에서는 회사원, 동호회에서는 회원, 친구들 사이에서는 친구로 불립니다. 이를 스쳐가는 사람은 단 한 사람이지만 상호작용의 틀과 대상이 달라지면서 지시어가 바뀌고 거기에서 빚어지는 의미들도 당연히 달라진다는 점 직시할 필요가 있습니다. 모든 상황에 같은 의미가 부여된다는 것은 도인(道人)이 아닌 이상 어렵지 않을까 생각해봅니다. 이에 익숙해지면 A4는 또 금방 채워질 것입니다.

4강을 마치겠습니다. 감사합니다.

5장

A4 두 장으로
배우는
글쓰기
기본 규칙

안녕하십니까? 5강을 시작하겠습니다.

이번에는 A4 2장을 채우기 바랍니다. 수필, 보고서, 기획서, 소설, 칼럼, 현재 쓰고 있는 책의 한 챕터, 기사, 여행기, 편지 등 장르는 상관없습니다. 여기에 써도 되고 컴퓨터에 쓴 것을 옮겨 붙여도 됩니다. 단, 이번에는 하나의 주제를 반드시 정해야 합니다. 그 주제가 돋보이도록 최선을 다해 글을 완성해야 합니다.

그런데 '주제(主題)'가 뭐냐고요? 사전적 정의를 보면, "대화나 연구 따위에서 중심이 되는 문제" 및 "예술 작품에서 지은이가 나타내고자 하는 기본적인 사상"입니다. 즉 하고 싶은 말을 하고 싶은 말 위주로 하면 됩니다. 하고 싶은 말과 동떨어진 이야기는 하고 싶은 말을 헷갈리게 하기에 가급적 하지 말아야 합니다.

그럼 주제는 어떻게 잡느냐고요? 이렇게 생각해보겠습니다. 수필이면 지나간 삶의 한 토막이 어떨까 합니다. 사건 중심이면 더욱 좋고, 그게 힘들면 특정 인물과의 상호작용에 대해 서술합니다. 그것도 여의치 않으면 나무, 반려견, 추억의 물건 등 특정 사물에 대해 의미부여를 해봅니다. 보고서라면 현재 꼭 써야 할 보고서를 미리 써보면 어떨까 합니다. 그 정해진 분량이 A4 2장이 아니라도 꼭 A4 2장을 채우길 바랍니다. 기획서는 이미 과제가 있으니 따로 주제를 정하지 않아도 될 듯하고요. 소설은 전문 작가 수업이니 일단 열외로 할 수도 있지만, 짧은 콩트 쓴다고 여기고 쓰면 어떨까요? 칼럼은 주제를 분명히 정하면 정할수록 좋겠지요. 단, 남의 이야기를 너무 많이 끌어다 쓰지 말고 자신의 이야기를 적극 펼치는 게 어떨까 합니다. 책의 한 챕터도 책을 쓰고 있다면 문제가 없는데, 혹 계획이 있다면 꼭 쓰고 나서 이 책을 계속 읽어 나가시길 바랍니다. 기사를 쓰는 것도 전문 직업이기는 하지만 육하원칙을 배웠으니 그에 맞게 특정 사건을 쓰기 바랍니다. 취재를 하면 더욱 좋을 것 같습니다. 여행기를 쓰고 싶은 분은 최근의 여행이건 그전의 여행이건 시기는 상관없으니 마음 편하게 쓰기 바랍니다. 그런데 편지가 좀 막막하기는 합니다. 한 사람에게 A4 2장을 쓴다는 게 여간 어렵지 않습니다. 그래도 도전을 해보시기 바랍니다. 도저히 안 되겠다면 선생님 자신에게 편지를 써도 좋을 듯합니다.

모든 장르를 아울러서 말할 수 있는 데에는 제 삶과 관련이 있습니다. 출판 편집을 하면서 많은 장르의 원고를 만져보았고, 작가로서 소설, 산문 등을 책으로 냈고, 프리랜서 기자로 기사를 썼습니다. 덧붙이자면 지금도 생각을 꺼내는 손 운동인 글쓰기를 매일 하고 있습니다. 그러면서 많은 책을 읽고 있습니다. 쓰면서 읽으면서 또 어떻게 하면 사람들이 글쓰기에 빠져들까 고민하면서 살다 보니 글에 대한 나름의 안목이 생겼습니다.

하지만 늘 경계합니다. 정답이 없는 글쓰기 세계, 무궁무진 새로운 틀 안에서 연결될 수 있는 언어의 세계, 규칙을 은근히 언급하는 순간 창의성과 상상력이 갇힐 수 있는 정신활동 세계의 물질 형태인 글을 가지고 이리저리 잣대를 들이밀면 혹 선생님들이 위축될까 하는 걱정이 앞섭니다. 서로의 글이 나아지기 위해서 함께 공부하는 시간이라 생각해주시면 고맙겠습니다.

(A4 두 장 쓰기)

쓰면 는다

한 쪽에 적절한
문단 개수

선생님들께서는 원고를 흔글 프로그램으로 쓰십니까? 직접 손으로 쓰거나 다른 프로그램을 이용하는 경우도 있겠지만, 여기서는 흔글 기준으로 말씀드리겠습니다.

흔글을 켜면 자동으로 편집용지가 A4(국배판)로 설정됩니다. 무의식적으로 많은 사람들이 이에 맞추어 글을 씁니다. 그 원고가 책으로 나오는 경우에는 편집용지가 A5(국판) 혹은 A5에서 약간 늘거나 준 변형 판형으로 바뀝니다. 여기서 이런 문제가 발생됩니다. A4에 맞추어 썼을 때는 한쪽에서 문단이 서너 개였는데, A5로 넘어가니 문단이 2개로 줄어듭니다. 글이 빽빽해 보입니다. 답답합니다. 그래서 편집자가 요청을 해옵니다. 문단을 더 나누어 달라고 말입니다. 고민이 시작됩니다. 어디서부터 무엇을 어떻게 해야 할지요?

문단(文段)의 사전적 정의는 "글에서 하나로 묶을 수 있는 짤막한 단위. 한 편의 글은 여러 개의 문단으로 구성된다"입니다. 무슨 말인가요? 선생님이 쓴 글을 직접 보시기 바랍니다. 형식적으로는 두 문단을 구별해주는 들여쓰기를 한 곳을 보면 되고, 처음 글을 쓰는 입장이라 잘 모르면 내용이 바뀌는 지점을 보면 됩니다. 그것을 문단이라 부릅니다.

그럼 단락(段落)은 뭐냐고 물을 수 있습니다. 단락의 사전적 정의는 "일이 어느 정도 다 된 끝" 및 "긴 글을 내용에 따라 나눌 때, 하나하나의 짧은 이야기 토막"입니다. 문단과 같은 의미로 쓰입니다만, 문단은 일단 들여쓰기를 한 부분을 근거로 문단 개수를 산출할 수 있고, 단락은 내용적으로 비슷한 문단을 하나로 묶어 가늠할 수 있습니다.

그렇다면 문단은 언제부터 왜 존재하는 것일까요? 띄어쓰기 공부할 때를 기억해 내면 금방 이해가 됩니다. 가독성입니다. 모든 글은 소통의 규칙에 따라 쓰여지지 암호문처럼 소수만 알도록 쓰여지지는 않습니다. 그 규칙은 자주 변하지만 그것을 때마다 명문화하지는 않습니다. 특히나 지금처럼 맞춤법이나 띄어쓰기 등이 종잡을 수 없을 정도로 변화무쌍한 시대에는 더더욱 그렇습니다.

이를 알아채는 가장 좋은 방법은 현재 나오는 책들을 열심히 보는 것입니다. 현재의 문단 구성은 출판 편집자들이 주도적으로 했기 때문입니다. 전보다 활자가 커지고 줄간격이 넓어지고 한 쪽에 문단이 네다섯 개 들어가게 한 것은 많은 독자를 확보하려는 생존의 흔적들입니다. 스마트폰 보기에 점점 더 익숙해져가는 사람들의 시선을 하나라도 더 독서의 세계로 끌어오려는 고투의 결과물입니다.

이 대목에서 이런 말을 할 수밖에 없습니다. 창조성이 마음껏 발휘되는 글의 전개상 기존의 형식을 절대로 따를 수 없다고 판단하지 않은 이상 현재의 흐름에 따라 글을 쓰는 게 어떨까 싶습니다. 즉 한 쪽에 네다섯 개 문단이 들어가는 글쓰기를 해보는 것입니다. 한 문단이 한 쪽을 넘어간다거나 문단을 너무 많이 만든다든가 하는 전위성은 나중에 해도 늦지 않을 것 같습니다.

문단 단위로 글 쓰는 연습을 하기 전에 선생님이 쓴 글을 보시기 바랍니다. A4 한 쪽에 예닐곱 개의 문단이 있다고요? 이는 문제가 없습니다. 하지만 복습 차원에서 계속 읽어 나가시기 바라고, 문단 개념이 여전히 어렵기만 한 선생님은 주의 깊게 읽어 나가시기 바랍니다.

《글쓰기 생각쓰기》라는 책에서 문단 부분에 관한 글을 보겠습니다.

"— 문단의 개념: 문단은 하나의 내용을 담고 있는 문장들의 집합이다. 문단 쓰기는 일관된 내용과 형식을 갖춘 글을 쓰기 위한 기초 작업이다.

— 문단의 요건: 하나의 문단 안에서 내용이 바뀌지 말아야 한다. 그리고 내용만 좋아서는 좋은 문단이 될 수 없다. 문단은 완결성을 갖추고 있어야 한다. 중심 내용은 구체화하고 풀어 설명하는 부연 내용이 적절하게 제시되어야 한다.

— 문단의 형식: 문단은 하나의 중심 내용(문장)과 그것을 풀어 설명하는 부연 내용(문장)으로 구성되어 있다.(두괄식, 미괄식)

— 문단을 짧게 쓰자. 글은 시각적이다. 즉 글은 독자의 머릿속에 가 닿기 전에

눈에 먼저 가 닿는다. 짧은 문단은 글에 바람이 잘 통하게 해주고 글을 시각적으로 매력 있게 만들어준다. 반면에 문단이 긴 덩어리로 되어 있으면 독자가 읽을 엄두를 내지 못할 수도 있다."

이 글 가운데 두 문장만 보겠습니다.

먼저 "문단은 완결성을 갖추고 있어야 한다"입니다. 만일 A4 두 장짜리 수필을 쓴다고 하면 대략 14~16개의 문단이 나올 것입니다. 이 모든 문단들은 하나의 주제를 드러내기 위해 배열된 것들인데, 어떻게 하나의 문단에서 완결성을 도모할 수 있을까요? 상당히 어려운 문제이기는 합니다. 한 번 해보겠습니다.

워크숍에 가면 어떤 사안에 대한 정의 내리기를 자주 합니다. 신입사원 연수 시 부모님에 대한 감사 쓰기를 예로 들어보겠습니다. 눈물 콧물 흘리며 격앙된 감정으로 부모님 감사 쓴 것을 참가자 전원이 공유하고 나면 진행자가 이렇게 묻습니다.

"그래서 감사는 무엇무엇이다, 한 마디로 정의를 내려보겠습니다."

아래 한 줄 칸에 직접 쓰기 바랍니다.

어떤 게 있을까요? 하나 해보겠습니다.

"감사는 양파다."

여기서 그치는 게 아니라 그 이유를 말해야겠지요.

"감사는 양파다. 까도 까도 자꾸만 나오기 때문이다."

여기서 마무리해도 되지만 더 덧붙여 가볼까요?

"감사는 양파다. 까도 까도 자꾸만 나오기 때문이다. 하지만 부모님 감사는 양파 껍질 수와는 비교가 되지 않는다. 그 끝이 없을 것 같다. 퍼도 퍼도 가득 차오르기만 하는 바다일지도 모른다. 양파가 소화 기능에 좋다고 하니 양파즙이라도 주문해 드려야 할 것 같다."

어떤가요? '감사는 양파다'를 가지고 한 문단이 되지 않았나요? 그럼 선생님이 내린 정의를 가지고 4줄을 채우기 바랍니다.

_____

_____

_____

_____

가능하지요? 왜 가능할까요? '정의'를 내린다는 것은 여러 생각들을 하나의 진술 문장으로 만들었다는 것입니다. 압축이 되었기 때문에 그것을 역으로 다시 풀어나가기가 수월하다는 것입니다. 줄기에서 가지 친 문장들을 다시 모으기도 쉽고요. 그래서 완결성을 보여줄 수 있습니다.

진술(陳述)의 사전적 정의는 "특정 상태나 행동을 명제로 제시하는 방식. 이야기를 전개하는 행위로 서사물 창작에서는 필수 불가결하다. 비언어 예술에서는 장면, 도상, 동작 따위에 의존한다"입니다. 이러한 진술 개념이 가장 많이 쓰이는 곳이 어디인가요? 법정입니다. 무죄인데도 유죄로 추정 받을 경우 진술은 대단히 중요하겠지요. 그때 무엇부터 말할까요? 만일 살인 누명을 썼다면 이렇게 말할 것입니다.

"저는 사람을 절대 죽이지 않았습니다. 억울합니다."

가장 절실한 사안을 먼저 진술하는 것입니다. 그러고는 그 이유를 조목조목 말하고 결론에 가서 다시 무죄를 호소합니다. 이러한 진술 방식은 법정에서 유독 두드러질 뿐 아니라 우리 일상에서도 늘 쓰입니다. 그런데도 법정 이야기를 한 것은 법정에서는 핵심만 말하게 되어 있습니다. 생존 본능이 이 방식을 만들어냈을 것입니다. 따라서 한 문단의 완결성, 하고 싶은 말 가운데 핵심만 압축적으로 하는 진술 방식을 떠올리면 어렵지 않게 완성할 수 있을 것입니다.

다음으로 "문단은 하나의 중심 내용(문장)과 그것을 풀어 설명하는 부연 내용(문장)으로 구성되어 있다"를 보겠습니다.

제가 예문을 만들었지만 (   ) 부분은 다른 내용을 채워서 해도 됩니다.

"나는 가을(   )보다 봄(   )을 좋아합니다."

위 문장을 중심 문장으로 해서 4줄 이상 쓰기 바랍니다.

_____

_____

_____

_____

어떤가요? 사물을 비교한 문장을 중심으로 하니 부연 문장이나 마무리 문장이 수월하게 나오지 않나요?

하나의 완결된 문장 쓰는 연습을 해보았습니다. 크게 문제가 되지 않는 것 같습니다. 그런데 문제는 그 다음 문단을 어떻게 이어가느냐 하는 것인데, 사실상 참으로 어려운 과정입니다.

결론부터 생각해라

《결론부터 써라》에 나오는 글을 보겠습니다.

"글에는 하나의 중심 개념이 있어야 한다. 글 전체는 이 중심 개념을 뒷받침해야 한다. 서론에서는 중심 개념과 본론의 전개 순서를 밝혀줘라. 본론에서는 서론의 전개 순서대로 중심 개념을 지지하는 이유들을 써라. 결론에서는 본론을 요약하고, 마지막에 중심 개념을 다시 한 번 더 써줘라. 글은 항상 문단 단위로 쓰되, 구체적으로 써라."

결론부터 쓰는 방식은 영미권에서 오랫동안 내려오는 글쓰기 전개 방식입니다. 여러 모로 그 이유를 생각해볼 수 있지만, 공동체 생활 방식에서 연유되었을 것 같습니다. 정착 생활보다 교역과 갈취를 통해 생존을 도모했던 인류 초기의 서양 사람들은 상대의 의사를 먼저 확인하는 게 중요했을 것입니다. 뜸을 들이는 과정이 길면 길수록 손해가 날 것이기 때문입니다. 하지만 농경이 생존의 근간이었던 동양에서는 공간 이동에 제약이 있어 서로 협력해야만 살아갈 수 있었습니다. 말 한마디 섣불리 내뱉었다가 생존권을 박탈당하는 수가 있습니다. 그래서 공동체 구성원의 눈치를 봐가며 말을 하는 습성이 생겨나지 않았을까 생각해봅니다. 즉 최종 결론은 막바지에 언급한다는 것입니다.

지금은 생존의 물적 기반이 유사한 지구화 시대입니다. 섞이고 스미면서 형식상 하나의 언어생활을 하고 있습니다. 특히 많은 것들이 갈수록 빠르게 돌아가는 상황에서 서로가 서로에게 요구합니다. 말이 조금이라도 길어질 것 같으면 결론부터 말하라고 합니다.

이와 다른 상황도 여전히 존재합니다. 상하관계에 따른 대화 과정입니다. 그래서 아래쪽에 있는 사람들은 힘들어합니다. "그래서 뭔데요?"라고 물어보고 싶지만, 여차했다간 생존에 치명타를 입습니다. 아주 곤란한 상호작용 장면입니다.

한 문단을 쓰고 다음 문단을 쓰는 방법에 대해 이야기를 한다고 해놓고, 왜 이런 이야기를 꺼냈는지 말씀드리겠습니다. 결론부터 말하면, 다음 문단을 잘 써내려면 한 문단에 지속적으로 '질문'을 남겨야 합니다. 문단 단위로 질문을 던지고 답을 내리고, 문단 단위로 질문을 던지고 답을 내리는 방식입니다. 이때 모든 '답'에는 '정답'이 없고 끊임없이 '질문'과 '답'을 반복한다고 생각하면 됩니다. 그래야만 꼬리를 물고 다음 문단이 인과적으로 나올 수 있습니다. 그러면서 처음 가졌던 중심 생각에서 절대로 벗어나서는 안 됩니다.

인용문에 나오는 "글에는 하나의 중심 개념이 있어야 한다"를 보겠습니다.

세계에서 가장 널리 읽히는 책은 《성경》입니다. 종교 시각을 떠나 생물학적 팩트를 말한다면, 이 책은 예수가 세상에 무언가를 말로 전하고 싶어 한 이야기를 제자들이 귀로 들었다가 기술한 것입니다. 예수는 단 하나의 '중심 개념'을 전하기 위해 수많은 행적과 비유를 통해 말을 전했습니다. 그게 뭘까요? 기독교적으로 보면 '하나님의 나라'에 대한 복음일 것이고, 일반인의 시선으로 보면 '사랑'일 것입니다. 두꺼운 성경책의 중심 개념이 한 단어로 요약될 수 있다는 것이고, 《성경》은 중심 개념을 효율적으로 전하기 위해 문단 단위로 끊임없이 말이 흘러갔다는 것입니다.

《불경》 또한 많은 사람들이 읽고 있습니다. 부처는 안락한 생활을 벗어던지고 깨달음을 얻은 뒤 그 중요 사실을 중생들에게 전해주고 싶어 오랜 기간 설법을 하였습니다. 그 내용을 귀담아들은 제자들이 여러 세월을 보내면서 오늘날 우리가 읽는 경전들이 되었습니다. 《불경》의 '중심 개념'은 뭘까요? 견해가 다 다르겠지만, '공(空)'일 수도 있고, '자비(慈悲)'일 수도 있고, '마음'일 수도 있습니다. 《불경》 역시 하나의 중심 개념을 전하기 위해 글이 꼬리를 물고 이어졌습니다.

우리가 고전이라 일컫는 책들은 모두 하나의 중심 개념을 분명히 가지고 있습니다. 아무리 두꺼운 분량이라 하더라도 어떤 책 하면 어떤 것 하고 떠올릴 수 있습니다.

책과 중심 개념을 열 권 이상 써보시기 바랍니다.

우리가 글을 쓴다는 것은 뭔가를 전하기 위해서입니다. 그 대상이 자기 자신일 수도 있고, 설득을 목표로 하는 그 어떤 집단일 수도 있습니다. 하지만 분명합니다. 생각을 언어로 드러낸다는 것은 딱 하나의 이야기를 하기 위해서입니다. 거기에 몰입해서 글을 구성해야 합니다. 그러면 그 넓은 이야기들이 중심 개념으로 쏠려 옵니

다. 즉 어떤 이야기를 하든 중심 개념을 머릿속에 넣고 이야기를 전개해 나가다 보면 주변 구성요소들이 중심 개념에 착 달라붙으면서 복무를 하게 됩니다. 그 과정은 어느 순간 정답을 내겠다는 것이 아니라 '질문'과 '답'의 반복일 뿐입니다. 우리는 예수나 부처처럼 대단한 사람이 아니기 때문입니다. 누구나 부처가 될 수 있다고 하지만, 그게 쉽지는 않을 것 같습니다.

문단을 잘 연결하는 글쓰기 공식은 없습니다. 빨주노초파남보가 연결된 무지개처럼 아름답게 빛나는 공식이 있다면 얼마나 좋겠습니까? 즉 빨간색 다음에 주황색을 칠하고 노란색을 칠하고 초록색을 칠하고 파란색을 칠하고 남색을 칠하고 보라색을 칠하면 그 조합이 눈을 즐겁게 한다는 것, 그런 것이 글쓰기에 있을 수가 없습니다. 글쓰기는 여전히 모르는 무의식의 영역이기 때문입니다. 그래도 어떤 글이든 먼저 '중심 개념'을 결론으로 잡고 써나가면 문단 단위의 글쓰기와 매끄러운 문단 구성은 가능하지 않을까요?

모든 초고는 쓰레기다

지금까지 읽은 내용을 토대로 선생님이 쓰신 A4 두 장을 고쳐보시기 바랍니다.

문단 내용이 문단 단위에서 완결성을 갖추었나요? 문단이 적은 경우는 좀 늘리고, 많은 경우는 좀 줄이셨나요? 문단 연결이 글의 중심 개념에 맞게 잘 흘러가는 것 같은가요?

혹 고치기가 힘들어 아예 버리지는 않았나요? 너무 고치다 보니 글의 분량이 확 줄어들었나요? 그 반대인가요?

이쯤에서 왜 좀 더 디테일한 고치기 기술을 알려주지 않느냐고 물어오는 선생님도 계실 법합니다. 그럼《style문체》에 나오는 고치기 방법을 읽어보시고 직접 해보시기 바랍니다.

"독자는 여러분이 말하려는 내용에 대해 꼭 필요한 단어만 썼을 때 문장이 간결하다고 생각한다.

1. 의미 없는 단어는 지운다.

2. 이미 나온 단어와 의미가 겹치면 지운다.

3. 다른 언어의 의미를 함축한 단어는 지운다.

4. 구나 절을 단어로 바꾼다.

5. 부정문을 긍정문으로 바꾼다."

이런 걸 잘 모르니 글쓰기 강사가 개입해야 하지 않느냐고 또 물을 수도 있습니다. 하지만 어렵습니다. 상호작용에서 만들어지는 의미를 언어로 부여하는 사람은 선생님들 자신입니다. 모든 텍스트는 콘텍스트에서 생성되는 것이기 때문에 다른 맥락에 있는 사람이 어떤 게 의미 있고 어떤 게 의미가 없다고 말할 수 없습니다.

글쓰기 전문가이니 맥락은 빼고 텍스트 자체에서 문제되는 것만 걸러내 정리해 줄 수 있다고 여길지도 모릅니다. 그렇지 않습니다. 기본 문장이 되게끔 잡아줄 수는 있지만, 조언 받은 사람은 그걸 표본 삼아 글을 써나가지 않습니다. 그게 바람직하지도 않습니다. 고치기는 한두 권의 이론서 읽기로 완성되는 게 아니라 선생님들이 자신의 생각을 열심히 길어 올려 직접 이렇게도 고쳐보고 저렇게도 고쳐보는 수밖에 없습니다.

편집자 시절 문맥에 맞지 않는 단어가 끼어들어 간 것 같아 단어를 바꾸거나 아예 문장 순서를 바꾸기도 했습니다. 그 근거는 문법 규칙입니다. 즉 텍스트의 완성도를 기하는 것일 뿐 콘텍스트에서 비롯되는 더 나은 의미 생성은 고민하기 힘들다는 것입니다. 이를 받아들이지 못하는 저자들은 다시 원래대로 해놓습니다. 이 과정에서 의견 다툼이 벌어지곤 하는데, 대개는 편집자 뜻에 따르게 됩니다. 편집자가 글을 다루는 전문가라고 여기기 때문입니다. 하지만 지금 돌이켜보면 글이 말끔하기는 한데 고유의 맛이 상실되는 경우가 많았던 것 같습니다.

적절한 비유가 될지는 모르겠지만, 진화의 비밀은 돌연변이에 있습니다. 세상일은 아무도 모르는 것입니다. 어떤 상황에서 부적합하게 끼어든 단어가 언젠가 적합 언어로 자리 매김할 때가 있습니다. 거기에는 전혀 예측할 수 없는 우주적 상호작용이 있습니다. 한마디로 복잡하다는 말입니다. 그 복잡한 순간의 돌연변이 창조자가 글을 처음 쓰는 선생님일 수도 있습니다. 그래서 섣부른 개입보다 참고 이론 보고 나서 직접 해보는 게 가장 좋은 방법이라는 것입니다.

그렇다면 이 대목에서 글쓰기 강사는 무얼 해야 하느냐고요? 글쓰기 동기부여를 지속적으로 해주면서 큰 틀에서의 글쓰기 훈련 방법을 알려드리는 것입니다.

그럼 마지막으로 《style문체》에 나오는 고치기 조언을 갖고 다시 선생님의 A4 두 장 원고를 고쳐보시기 바랍니다. 그걸 염두에 두고 다음 내용을 해나가면 좋을 듯합니다.

《당신은 이미 소설을 쓰기 시작했다》에 있는 소설 쓰기 작법입니다. 예술 영역이지만 이 기법을 알아두면 글쓰기가 탄탄해집니다.

"스토리(story)와 플롯(plot)에 대한 잘 알려진 명제가 있다. 스토리는 사건이 일어난 순서에 따라 단순하게 늘어놓는 것이다. 플롯은 사건들을 일어난 순서에 따라서가 아니라 인과관계라든지 전달의 효과라든지 하는 다른 기준에 따라 엮어내는 것이다. 세 가지 사건이 있다.

1) 왕비가 죽었다. 2) 왕은 슬픔에 잠겼다. 3) 왕이 죽었다.

시간의 흐름에 따라 순서대로 나열된 이 사건들은 인과 관계에 따라 다음과 같이 말해질 수 있다.

'왕비가 죽자 왕은 슬픔에 잠겼다. 그 슬픔 때문에 왕도 죽고 말았다.'

사건의 순서를 달리해서 서술할 수도 있다.

'왕은 슬픔에 잠겨 있다. 그것은 왕비가 죽었기 때문이다. 왕은 슬픔을 이기지 못하고 죽고 말았다.'(2-1-3)

왕의 죽음을 앞에 놓을 수도 있다.

'왕이 죽은 것은 왕비가 죽었기 때문이다. 왕비의 죽음이 왕을 슬프게 했다.'(3-1-2)

'왕은 슬픔에 잠겨서 죽고 말았다. 왕비가 죽었기 때문이다.'(2-3-1)"

가만히 있으면 안 되겠지요? 온갖 상상력을 동원해서 멋진 동화이든 소설이든 판타지든 글을 직접 만들어보시기 바랍니다.

_____

_____

_____

하나 더 해보겠습니다. 다른 예제를 제시하는데 (   )에 있는 거 또는 다른 거를 선택해서 쓰셔도 됩니다.

"1) 사랑하는 사람(그, 그녀, 남편, 아내, 아버지, 어머니, 아들, 딸, 존경하는 사람 등등)이 죽었다. 2) 사랑했던 사람이 슬픔에 잠겼다. 3) 사랑했던 사람이 죽었다."

_____

_____

_____

지금까지 선생님들이 한 거는 스토리를 변형하는 작업, 즉 플롯을 해본 겁니다. 이는 상당히 어려운 기술입니다. 과거, 현재, 미래가 뒤죽박죽 섞이면서도 이해가 가는 인과관계를 갖는다는 것, 많은 훈련을 거치지 않고서는 해내기 힘든 고난도 역량입니다. 잘못 하면 어지럽기만 할 뿐 소통 불가의 글이 됩니다. 그런데도 왜 이러한 글쓰기를 했을까요?

글쓰기 모임을 만들어 합평할 때 나올 수 있는 말 가운데 가장 섬뜩한 말이 이런 거 아닐까요?

"뒤에 있는 문단을 앞으로 뽑아 올리면 글이 더 긴장감 있게 흘러갈 것 같은데요?"

이는 건축물 순서를 바꾸는 것과 같습니다. 읽는 사람은 간단한 문제일지 모르지만, 그걸 다시 쓴다고 생각하면 아주 새로운 작업이라 머리가 지끈거립니다. 마지막이거나 그 앞 어딘가에 있는 문단이 첫 문단에 자리 잡게 되면 중간중간 내용들을 많이 바꾸어야 하기 때문입니다.

짧은 글을 가지고 합평할 때보다 더 난감한 상황도 있습니다. 책 한 권을 완성해 편집자와 미팅을 하는데, 뒤에 있는 내용을 앞으로 당기면 어떨까 제안을 받을 때입니다. 피가 역류하는 것처럼 몸이 부들거리면서 한숨만 나오게 됩니다. 그래도 책을 내려면 신중하게 고민을 해야 하고, 어느 정도 성의를 보여야 합니다.

그렇다면 합평 참가자와 편집자들은 왜 문단 순서를 바꾸는 것에 대해 거리낌 없이 말을 할까요? 내용을 떠나 인지 과정으로 접근해 본다면 이렇게 설명할 수도 있습니다. 우리는 마지막에 본 것을 강렬하게 인식하기 때문입니다. 그 내용 아래 앞의 것들이 재편되면 더 큰 느낌이 올 것 같기 때문입니다.

불쑥 내용의 순서를 바꾸라는 말, 누구나 불쑥 겪을 수 있습니다. 맞닥뜨린 선생님들은 아시겠지만, 그 순간은 위기감을 느낍니다. 상대가 나의 공든 탑을 무너뜨리고 있다고 여기기 때문입니다. 소설가나 시나리오 작가가 목적이 아니라고 하더라도 그 상황에 당황하지 마시라고 여기서 한 번 연습해 본 것입니다.

알고 보면 문단 바꾸기가 고치기 기법 가운데 최고의 기법이 아닐까 생각합니다. 일단 어렵습니다. 엄두가 잘 나지 않습니다. 그래도 꼭 시도해 보시기 바랍니다. 자꾸 해보시면 문단 단위의 글쓰기, 물 흐르듯 자연스럽게 연결되는 문단 구성이 가능해질 것입니다.

5강에서 말씀드린 것 다 하고 나니 A4 두 장 상태가 어떤가요? 결과는 잘 모르겠지만 처음과 어마어마하게 달라져 있지요?

뛰어나게 글을 잘 쓰는 것은 아니지만 그래도 글 좀 쓴다는 평가를 받으려면 여러 방식의 고치기 과정을 몇 번이나 해야 할까요? 역량에 따라 다르겠지만 새로운 글을 완성할 때마다 매번 해야 합니다. 글쓰기 세계에 입문하면, 가장 많이 듣는 말은 이런 것입니다.

"모든 초고는 쓰레기다."

이는 대가도 그렇고 처음 글을 쓰는 분들도 그렇습니다. 글쓰기의 완성은 고치기에 있습니다. 누군가의 조언이 있으면 더욱 좋겠지만, 그걸 수용하고 고쳐나가는 사람은 결국 글을 쓰는 선생님입니다.

결론은 이렇습니다. 고치기 기술에 관한 책 한두 권은 꼭 보시기 바랍니다. 그러고는 선생님들의 원고가 너덜너덜해질 때까지 어떤 방법이든 총동원해 고쳐보시기 바랍니다. 그럼 언젠가 '중심 개념'이 선명히 드러나는 글들이 문단 단위로 사고되면서 쭉쭉 써나갈 수 있는 날이 올 것입니다.

5강을 마치겠습니다. 감사합니다.

6장

인식 확대가 만드는 심층 문장

반갑습니다. 6강을 시작하겠습니다.

"글은 삶이다"라는 진술 문장은 이제 익숙합니다. 이는 또한 팩트이자 진리이기도 합니다. 자신의 삶이 자신의 글로 나타나는 것이지 다른 사람의 삶이 자신의 글로 나타나지는 않습니다.

요즘 우리는 이런 말을 자주 합니다.

"지금부터 제가 하는 말은 지극히 개인적인 생각입니다."

이 말의 참 의미는 이 말을 하기 전의 말도 그 이후의 말도 모두 개인적인 생각이라는 것입니다. 누구의 말을 인용했다고 하더라도 상식의 말을 차용했다고 하더라도 말이나 문장이 연결되면서 이어지는 것은 콘텍스트상 모두 개인의 말입니다.

개인의 말과 공공의 말을 구분해서 생각해야 한다는 선생님들도 있습니다. 하지만 저는 견해가 다릅니다. 공공의 말은 시대적 상황에서 빚어진 말입니다. 당시 권력층의 생각이 철저히 반영된 통제 언어들입니다. 작은 집단이든 그 집단의 수장이든 권력 구성원들이 자신들의 최적화된 생존을 위해 만든 언어가 홍보와 교육을 통해 보편화된 언어로 만들어졌다는 것입니다.

공공의 말을 부정적인 시각으로 보는데 정말 공공의 이익을 위해 만들어진 공공의 말은 긍정적으로 받아들여 쓰는 게 맞지 않느냐는 질문을 하실 수도 있습니다.

그렇지 않습니다. 거짓 공공의 이익과 참 공공의 이익을 경계 짓는다는 것 자체가 보편성의 언어를 인정하는 모양이 됩니다. 즉 개인을 떠나 누구에게나 적용될 수 있는 영원불변의 언어가 존재한다는 인식이 자리 잡게 된다는 것입니다. 그렇지 않다는 자각이 강하면 강할수록 자기만의 글이 잘 나옵니다. 즉 같은 단어를 두고도 충분히 다르게 쓰일 수 있다는 기본 팩트를 외면하게 되면 선생님의 글쓰기 세계는 앞으로 나아가기 힘듭니다.

그렇다면 모든 사람이 다 상식 같은 정답을 말할 때 그게 아니라는 말을 할 수 있는 관점은 어디에서 나오게 될까요? 개인별 인식의 영역입니다. 인식(認識)에 대한 한자어 사전을 보면, "① 사물(事物)을 분별(分別)하고 판단(判斷)하여 아는 일 ② 의식(意識)하고 지각(知覺)하는 작용(作用)의 총칭(總稱)"입니다. 즉 깨어서 아는 게 인식인데, 이는 '인식(認識)'에 공통으로 있는 부수 '언(言)'처럼 말로 글로 하는 게 인식입니다.

여기서 이런 말을 할 수 있습니다. '글은 삶'이고, '삶은 인식'이고, '인식은 글'이라는 정의입니다. 그렇다면 인식의 영역은 어떻게 늘려 나아가야 할까요? 이것 역시 글쓰기로 해나가면 그 어떤 방법보다 더 깊고 넓게 자신의 삶 그리고 상호작용하는 세상을 들여다볼 수 있습니다. 글쓰기는 '의식하고 지각하는 작용의 총칭'인 인식을 위해 의식 아래에 잠겨 있는 무의식으로 가는 길잡이기 때문입니다.

우리의 정신세계에 의식과 무의식이 함께 있다는 생각을 처음 한 정신의학자는 프로이트입니다. 이는 융에 의해 더욱 많은 연구가 진행되었고 그후로 많은 정신의학자들은 대략 우리는 90퍼센트의 무의식과 10퍼센트의 의식으로 살아가지 않을까 추측하고 있습니다.

참으로 알기 어려운 무의식의 세계를 프로이트와 융은 어떻게 잘 알게 되었을까요? 글쓰기로 그 오묘한 정신세계를 표현했기 때문입니다. 국내에 소개된 프로이트 전집은 15권, 융은 9권인 것만 봐도 우리는 어렵지 않게 납득할 수 있습니다.

5강까지 선생님들은 글쓰기 훈련을 하셨습니다. 선생님들의 기존 인식 틀에서 행해진 것들이라고 볼 수 있습니다. 후반부로 넘어가는 6강부터는 글의 내용을 심층적이고 풍부하게 하는 연습을 해볼 것입니다.

그런데 왜 개인의 말과 공공의 말을 꺼냈을까요? 그 다음으로 왜 인식과 무의식을 거론했을까요? 글쓰기에 자신감을 갖기 위해서입니다. 자신감 있는 글이 누군가의 글과 변별력을 갖게 되기 때문입니다. 자신감 있는 글이 실제로 선생님 삶에 도움이 되기 때문입니다. 공공의 말이든 타인의 말이든 그 모든 말들이 선생님 안에서 철저히 세탁되어야 합니다. 그래야만 언젠가 나의 이야기가 만들어집니다. 공공의 말이나 남의 이야기를 아주 많이 알아 풍부하게 끌어다 써도 자기 것으로 탈바꿈하지 못하면 글쓰기에 역효과만 불러일으킵니다. 우리는 세상과 상호작용하지만 의미부여의 주체는 선생님 개인들이라는 자각, 이것만은 끝까지 가지고 가시기 바랍니다.

그럼 자신감을 심어주는 인식 확대와 무의식 세계를 더 깊이 들어가는 길에 대해 공부해보도록 하겠습니다.

꽃은 식물의
생식기관이다

지금 이 글을 쓰고 있는 계절은 봄입니다. 봄이 아름다운 것은 겨울을 거둬내는 밝은 꽃들이 피기 때문입니다.

꽃에 대해서 글을 써보시기 바랍니다. 꽃에 대한 일반론도 좋고 특정 꽃에 대한 기억도 좋습니다.

_____

_____

_____

다음 글은 《백수산행기》에 나오는 글입니다.

"어찌 보면 당연한 일이었다. 언제나 그렇듯 눈으로 산을 훑으며 이 봉우리가 어느 봉우리인지 살피는 데에만 정신이 팔려서 산에 살고 있는 나무, 새, 꽃 들에 대해서는 무관심하기 짝이 없었기 때문이다. 나무는 그저 소나무 · 신갈나무 · 상수리나무 · 산벚나무, 그리고 새라면 비둘기 · 딱새 · 딱따구리, 꽃은 산수유 · 개나리 · 진달래 · 벚꽃 말고는 더 이상 아는 게 없었다. 문득 내가 산에 대해 뭘 알고 있나 하는 부끄러운 생각이 들었다."

2009년에 쓴 글인데, 2018년 숲해설가가 되고 나서 다시 보니 이런 엉터리 글도 없다는 생각에 부끄러움을 넘어 자괴감이 깊숙이 치고 들어왔습니다. 꽃으로 분류한 '산수유 · 개나리 · 진달래 · 벚꽃' 가운데 '산수유 · 개나리 · 진달래'는 엄연히 나무이고, '벚꽃'은 벚나무에 피는 꽃입니다. 숲에 대한 무지몽매한 인식을 가지고 10년 넘게 산을 다니며 심기일전했다는 내 자신이 한심스럽기는 하지만 이제라도 알게 되니 다행입니다.

우리는 잘 아는 영역보다 잘 모르는 영역이 훨씬 더 많습니다. 그런데도 그 모든 것이 글로 들어옵니다. 보고 느꼈기 때문입니다. 그래서 잘 모르고 쓰는 경우도 있지만 그것이 절대적으로 잘못되었다고 말할 수도 없습니다. 누군가 자기가 잘 아는 분야를 쓴 것을 보면 잘못된 곳을 금방 지적해낼 수 있습니다. 내가 쓴 것도 마찬가지로 지적당할 수 있습니다.

이를 극복하는 방법이 있습니다. 성심껏 공부를 해야 합니다. 공부의 끝은 궁극까지 가는 것인데, 탐문 과정은 철학에 기대고, 설명의 근거는 과학에서 가져와야 하고, 서술은 문학에서 빌려야 합니다. 완벽하게 다가가지 못해도 누구나 알고 있는 상식의 세계에서 한 걸음 더 들어가는 노력을 해야 합니다. 정보와 지식이 넘치듯

홀러나오는 시대이기에 덤벼든 만큼 결과는 있습니다. 그것이 인식의 확대이고 그렇게 해야만 선생님 글이 변별력을 가질 수 있습니다.

다음은 《생명은 어떻게 작동하는가》에 나오는 글입니다.

"과학 용어는 익숙하지 않고 생소하다. 과학 용어가 생소하기 때문에 사람들은 과학 내용도 일상 용어로 표현하길 원한다. 하지만 일상 용어로 '나무'라고 아무리 말해 봐도 나무를 구성하는 세포가 보이지 않는다. 그래서 관다발 형성층, 물관, 체관, 셀룰로오스, 리그닌이 느껴지지 않는다. 마찬가지로 별을 아무리 '별'이라 불러도 핵융합, 별의 중력 수축, 초신성 폭발, 성간분자가 전혀 보이지 않는다. 그래서 과학 공부는 과학 용어에 익숙해지는 언어 훈련이다. 자연 현상을 원자와 분자가 아닌 일상 용어로 아무리 설명해도 그것은 하나의 비유일 뿐이다. 일상 용어는 익숙해서 잘 기억된다. 과학적 내용을 일상 용어의 비유로 설명하면 비유만 기억된다. 비유는 사실 자체가 아니라 사실을 지시하는 수단이다. 비유로 설명 가능한 세계가 일상 용어의 세계이다. 비유는 실체에 대한 지시 작용을 할 뿐 세계 자체는 아니다."

이 글을 읽고 충격을 받았습니다. 글을 쓴다는 것은 사물의 속성을 잘 표현해주는 과정이기도 한데, 그 사물을 설명해내는 전문가들의 서술에 너무 무심했다는 것입니다. 《백수산행기》를 쓸 당시 숲 설명이 엉터리였던 이유가 바로 여기에 있었습니다. 제대로 된 글이라면 글에 등장하는 모든 구성요소에 대해 비사실적인 서술은 없는지 확인하고 또 확인해야 했는데, 그럴 만한 마음의 자세가 없었습니다. 사물의 뼛속까지 들어가 묘사해낸다는 것은 생각뿐이었지 그것이 진짜 무얼 의미하는지 몰랐다는 것입니다. 즉 정신작용의 출발점인 물질세계에 대한 과학적 지식 탐구가 턱없이 부족했고 실제로 알려고도, 노력도 하지 않았다는 것입니다.

《생명은 어떻게 작동하는가》에 나오는 글을 또 보겠습니다.

"사실은 스스로 많은 말을 한다. 사건과 사실을 시간 순서로 나열하면 인과관계가 드러난다. 그래서 사실은 그 자체로 설명이다. 자연 현상이든 역사적 사건이든 사실(fact)을 잘 모르기 때문에 의견과 느낌으로 사실을 대신하게 된다. 자연 현상에 대해 아는 사실이 많으면 사실만 나열해도 실체가 드러난다. 사실을 조금 알면 약간의 추측을 동원하여 이야기를 지어낸다. 전혀 사실을 모르면 그 현상에 대해 애매한 느낌을 말하는 법이다. 하지만 자연과학은 실험으로 검증된 사실들의 집합이다."

이 글에 근거해 내가 쓴 숲 설명을 보면, 자연 현상에 대해 정확한 사실을 모르면서도 사실을 아는 것처럼 쓰다 보니 의견과 느낌을 사실처럼 썼다는 것을 알 수 있습니다. 이 분야를 모르는 사람은 무심코 지나쳤겠지만, 약간의 지식이라도 있는 사람이면 얼마나 황당했을까요? 마음의 세계를 쓴 것도 아닌 자연 현상에 대한 서술이기에 말입니다.

그렇다면 왜 이런 일이 벌어질까요? 글의 '중심 개념'이 사실 묘사가 아니기 때문에 거기에는 신경 쓸 여력이 없어서 그런 걸까요? 게을러서입니다. 파고들고 또 파고들어도 알기 어려운 사물의 궁극과 그 관계들, 성심껏 공부하는 데까지 해야 하는데 적당한 선에서 그치는 게 인지상정입니다. 그건 또 왜 그럴까요? 전문가와 일반인의 영역은 따로 있다고 판단하기 때문입니다.

하지만 이제는 전문가들도 대중교양서라는 장르로 일반인들도 읽을 수 있는 책을 쓰고 있습니다. 그것을 붙잡고 잘 모르는 부분에 대한 끊임없는 공부의 자세, 이게 인식의 확대이고 그 과정에서 선생님의 글은 전보다 더 나아질 것입니다.

다음은 대학교재로 쓰이는 《식물계통학》에 나오는 글입니다.

"피자식물의 주된 표징형질은 꽃이다. 6장에서 설명하였듯이 꽃은 변형된 생식 슈트인데, 이는 기본적으로 엽원기를 만들어내는 정단분열조직을 포함하는 줄기이다. 그러나 전형적인 영양 슈트와는 달리, 꽃 슈트는 유한생장성이어서, 꽃의 부분들이 형성되고 나면 정단분열조직이 생장을 중단한다. 꽃의 엽원기 중 적어도 일부는 생식성 포자엽(포자낭을 지닌 잎)으로 변형된다. 꽃은 포자엽이 수술이나 심피로 발달한다는 점에서 매우 독특하고, 나자식물의 구과와는 차이가 있다."

정말 딴 나라에 온 것 같습니다. 이런 언어로 꽃을 보는 사람들은 꽃에서 어떤 느낌을 가질까요? 인식의 확대를 위해 '꽃'과 관련된 백과사전을 읽어보시고 꽃에 대한 글을 다시 써보시기 바랍니다. 굳이 주제를 말한다면 '꽃은 대표적인 식물의 생식기관이다'가 어떨까 합니다.

___

___

___

영혼이 담긴
위대한 작품

글을 쓸 때 중요한 것은 사물의 표면을 넘어 이면을 봐야 한다고 합니다. 이게 무슨 말인지 깨닫는 데 과학책 읽기가 결정적 도움을 주었습니다. 표면은 고전역학이고, 이면은 양자역학이 아닐까 생각하고 있습니다만, 거기에 덧붙여지는 게 영성 혹은 영적인 정신입니다.

　'영혼을 담은 위대한 작품', 이런 수식의 말 자주 들었을 것입니다. 영혼이 담긴 감동적인 글, 영혼이 없는 무미건조한 글, 어떻게 구분하는 걸까요? 의외로 간단합니다. 내가 읽기에 영혼이 없어 보이면 없는 것이고, 있어 보이면 있는 겁니다. 그래도 영혼을 담을 수 있는 글, 어떤 방법이 있지 않을까요?

　《신(新)유식학》에 나오는 다음 글을 읽어보겠습니다.

　"우리가 사물을 눈으로 관찰하는 한편 또 그것을 소립자 차원에서 관찰한다면 어떤 결과를 얻을 것인가?

　한마디로 동일한 사물에서 정반대의 관찰 결과를 얻게 된다.

　그렇다면 거시적 관찰과 미시적 관찰은 동일한 사물에서 어떤 다른 관찰 결과를 얻게 되는가?

상반된 관찰 결과는 주로 다음과 같은 결과로 나타난다.

1) 거시적으로 관찰된 고정성은 미시적 관찰에서 전변성, 과정성으로

2) 거시적으로 관찰된 독립성은 미시적 관찰에서 우주 전일적 관계성으로

3) 거시적으로 관찰된 빈틈없는 밀도는 미시적 관찰에서 거의 대부분 진공으로

4) 거시적으로 관찰된 단순 물질성은 미시적 관찰에서 정신성을 함용하고 있는 물질로 관찰된다.

왜 거시적 관찰과 미시적 관찰은 서로 상반되는가?

1) 객체의 측면 – 하나의 사물은 서로 상반되는 모순적 내용을 동시에 가지고 있다. 즉 현시적 측면, 미시적 차원, 궁극적 진실재인데 우리의 감각지각기관이 직접 관찰할 수 있는 것은 현시적 형상으로서 지각능력이 매우 부정확하다.

2) 주체의 측면 – 관찰자는 대개 사물의 현시적 측면의 특정국소만을 관찰하고, 이것을 자신의 정서적 요소와 개념적 요소로 인식하므로 하나의 사물을 놓고서도 관찰자마다 다르게 관찰한다. 이러한 결과는 우리의 정서와 앎이 무지 위에 건립되어 진실에 부합하지 못하기 때문이다.

여기서 우리는 명료한 결론을 얻게 된다.

즉 하나의 사물에 대한 완전무결한 앎은 현시적 측면, 실재 차원, 진실재 이들 셋을 모두 정확하게 관찰하고 중요한 것은 이 모순적인 3자를 서로 소통시킴으로써 완전한 이해에 도달하게 된다는 점이다. 유식철학은 이러한 노력과 관련하여 상당한 수준에까지 이를 수 있도록 독보적인 기여를 할 수 있다."

좀 어렵습니다만, 찬찬히 보면 과학과 유식학을 결합시킨 사유의 과정을 담은 글입니다. 고목 스님이 쓴 이 책 소개서를 보겠습니다.

"유식학은 일상생활 속으로 과학과 진리와 종교를 한꺼번에 아우르는 '새로운 밀레니엄의 길잡이'이다. 내 몸과 마음을 알고, 사물과 세계와 우주를 알고, 그 지말과 근언을 알아 진리에 부합하면서 이상세계를 지향해가는 길을 밝히고 안내하는 독보

적인 안내서이다."

실제로 그렇습니다. 세상의 궁극이 궁금해 과학책을 보다가, 마음이 궁금해 불교 서적을 보다가 잡힌 책이 《신유식학》이었습니다. 그러면서 탄복했습니다. 고목 스님의 인식 세계가 너무 훌륭했기 때문이었습니다. 그 깊은 사상을 제대로 헤아리지는 못했지만 느낌은 왔습니다. 내용도 내용이지만, '아, 저 정도는 인식을 해야 하는구나'가 주된 것이었습니다.

《신유식학》을 읽기 전까지의 과정을 말씀드리겠습니다.

매주 한 번 북한산을 다니던 무렵 하산 시 다리가 골절되어 죽음을 느낀 적이 있다는 이야기는 앞에서 잠깐 했습니다. 그때 던진 질문이 "나는 어디에서 왔다가, 어디로 가는가?"라고도 했습니다.

그 무렵 두문불출해야 하는 깁스 상태로 지내면서 결기를 세웠습니다. 제대로 공부를 해보자는 것이었습니다. 《논어》와 《금강경》, 《성경》을 필사했고, 그 과정에서 이시우 교수가 쓴 《붓다의 세계와 불교 우주관》을 읽게 되었습니다. 그 뒤 과학책 탐독 이유를 알게 되었고, 《코스모스》를 필두로 과학책을 읽어나갔고, 더불어 《대승기신론》 등 불교 서적도 읽어나갔습니다. 역시 그 과정에서 소광섭 교수가 쓴 《물리학과 대승기신론》도 접하게 되었습니다. 두 분야를 연결시키는 책들을 보다가 마지막으로 접한 게 《신유식학》이었습니다.

'마지막으로 접했다'고 말한 이유는 이렇습니다. 물리 세계와 마음 세계를 반드시 연결시켜 사고하는 틀을 알게 되었다는 것입니다. 그전까지는 마음 세계를 잘 표현하는 게 위대한 작품 창작의 원천이라고 여겼는데, 마음 세계를 잘 알려면 물리 세계에 대한 이해가 아주 중요하다는 것을 인지했다는 것입니다.

여기서 방점을 찍을 필요가 있는데, 내가 물리 세계와 마음 세계를 잘 안다는 게 아니라 함께 고려하면서 공부를 해나간다는 부분입니다. 역시 그 과정에서 양자역학의 세계도 접했지만, 솔직히 머리만 아플 뿐 잘 모르겠습니다. 검증된 사실을 서술하는 과학이 사실 가설의 총합이라고 말하는 과학자도 있습니다만, 현상 세계를 잘 알

수 있는 과학책 읽기 아주 중요합니다. 물리 세계를 잘 알면 알수록 마음 세계의 표현 또한 더 구체적으로 나오지 않을까 생각해봅니다.

그럼 인용 글에서 세 부분을 보겠습니다.

"3) 거시적으로 관찰된 빈틈없는 밀도는 미시적 관찰에서 거의 대부분 진공으로"

이 글은 정신의 힘을 이야기하는 근거가 될 수 있습니다. 물질을 쪼개고 쪼개면 원자를 넘어 거의 진공까지 가게 된다고 합니다. 이 공간이 정신 작용이 움직이는 곳이 아닐까 짐작해봅니다. 즉 영혼도 물질이라는 것입니다.

아직도 우리가 모르는 부분이 정신 작용일 것입니다. 물질이 정신 활동을 불러일으키는 것은 맞는데, 특별한 상황에서 나오는 정신 작용이 물질 세계를 변화시키는 것에 놀라곤 하기 때문입니다. 미국 심리학자 윌리엄 제임스는 놀라운 정신 활동도 미처 인지하지 못하는 물질 변화에서 기인한다고 하지만, 여전히 미지의 영역인 것 같습니다.

다음 글입니다.

"4) 거시적으로 관찰된 단순 물질성은 미시적 관찰에서 정신성을 함용하고 있는 물질로 관찰된다."

3)에 나오는 '진공'과 4)에 나오는 '정신성을 함용하고 있는 물질'이 같은 것으로 여겨집니다. 3)의 글과 4)의 글을 자세히 보고 있으면, 영성과 영적인 정신 그리고 영혼에 대한 윤곽이 잡히지 않나요? 즉 '영혼이 담긴 위대한 작품'은 우주의 모든 것을 담았다고 보면 과장된 걸까요? 그 우주를 알려면 인식의 틀을 확대해야 하지 않을까요?

마지막 글입니다.

"여기서 우리는 명료한 결론을 얻게 된다.

즉 하나의 사물에 대한 완전무결한 앎은 현시적 측면, 실재 차원, 진실재 이들 셋을 모두 정확하게 관찰하고 중요한 것은 이 모순적인 3자를 서로 소통시킴으로써 완전한 이해에 도달하게 된다는 점이다."

이 글에서 주목해야 할 문구는 "모순적인 3자를 서로 소통시킴으로써 완전한 이해에 도달하게 된다는 점이다"입니다. '영혼이 담긴 위대한 작품'은 우리의 몸을 전율케 하는 작품인데, 그 핵심은 글이 선연한 메시지를 갖고 있는 게 아니라 '모순'을 담고 있다는 점입니다.

나와 세상 그리고 우주는 보이는 것과 보이지 않는 것, 그것과 상호작용하는 정신 활동이 모순적으로 중첩되어 흘러간다는 인식, 어떨까요? 그 틀에서 표현되는 우리의 세상, 좀더 나 자신과 가깝지 않을까요? 궁극의 실체가 뭔지 여전히 모르지만 죽을 각오로 파고드는 공부 자세, 선생님들의 글을 분명 발전시켜 줄 것입니다.

일상용어와 전문용어

앞에서 꽃에 대해 썼으니 이번에는 나무에 대해 써보겠습니다.

먼저 나무를 설명하는 데 있어서 우리가 흔히 쓰는 일상용어에 무엇무엇이 있는지 단어나 구(句)를 다섯 개 이상 써주세요.

_____

다음은 나무를 설명하는 데 있어서 일반인에게 생소하게 느껴지는 전문용어에 무엇무엇이 있는지 단어나 구(句)를 다섯 개 이상 써주세요.

_____

여기서 질문을 던질 수 있습니다. 일상용어는 무엇이고, 전문용어는 무엇일까요? 내게 익숙하면 일상용어이고, 못 알아들으면 전문용어입니다. 병원에 갔을 때 의사들끼리 주고받는 말 듣고 있으면 잘 모르는 경우를 말합니다. 의사들의 일상용어가 환자에게는 전문용어가 된다는 것입니다.

글을 쓴다는 것은 전문용어를 일상용어로 바꾸는 과정입니다. 즉 웬만한 말은 알아들어야 한다는 것입니다. 그렇다고 전문용어를 글쓰기에서 너무 많이 쓰면 일반인들과 소통에 문제가 생기겠지요. 기본층위의 언어를 쓰는 게 가장 무난하겠지만 때에 따라서는 사물의 이면을 드러내는 전문용어를 쓸 필요도 있습니다.

전문용어 습득은 어떻게 해야 가능할까요? 인식의 확대를 위한 공부밖에 다른 방법은 없습니다.

숲해설가가 되기 위한 과정으로 국립수목원에 간 적이 있습니다. 그곳에서 활동하는 숲해설가가 멋지게 생긴 키 큰 나무 앞에 서서 나무 이름을 물었습니다. 공부 초기라 모두 입을 다물고 있었습니다. 나도 이런저런 나무 이름을 머릿속으로만 떠올렸습니다. 그때 숲해설가가 말했습니다.

"비술나무입니다."

다리가 약간 흔들렸습니다. '비'와 '술'이 조합된다는 것 때문이었습니다. 글을 쓰고 원고를 만지며 산 인생, 나름 문자와 친숙하게 지낸다고 생각했는데, 처음 들어보는 '비술'이라는 말과 그 기이한 연결, 충격으로 다가왔습니다.

그 느낌은 숲 공부 하는 내내 이어졌습니다. 그러면서 깊이 반성했습니다. 언어에 대한 겸손함을 가지고 다시 언어를 지각하자고 결심했습니다. 그러면서 전문용어를 익히기 위한 공부에 도전했습니다. 전문서적을 읽어보는 것이었습니다. 이해가 되지 않더라도 눈으로 훑어가면서 느낌이라도 전해 받으려고 했습니다.

그러자 어느 날 사람들 앞에서 물관, 체관, 수피(樹皮), 수형(樹形)을 일상용어처럼 쓰는 나 자신을 발견했습니다. 그 언어들이 나무의 궁극을 아는 데 일조했습니다. 그러면서 전문용어를 일상용어로 풀어보려는 마음이 생겨났고, 그 과정에서 사물의 궁극이 더 선명하게 다가왔고, 그 사물이 관계를 맺는 네트워크에까지 관심이 갔습니다. 이는 정적인 나무를 동적인 스토리의 주인공으로 탄생시켜야 하는 고육지책에서 나온 것이기도 했습니다.

《뇌, 생각의 출현》에 나오는 글을 보겠습니다.

"세계는 물질과 사건, 즉 thing과 event의 두 가지로 볼 수 있는데 지금까지는 세계를 물질 중심으로 보아왔죠. 그런데 상대성이론은 우주에 존재하는, 어쩌면 유일한 것은 물질이 아니라 사건이라고 합니다. 그렇다면 물질이 뭡니까. 4차원 시공에서의 사건의 명멸, 사건이 생겼다 사라지는 것입니다. 그래서 《일반인을 위한 파인만의 QED 강의》라는 책을 통해 파인만은 중력이나 원자핵력을 제외하고 우주에 존재하는 대부분의 것들은 다음 세 가지 사건으로 설명할 수 있다고 했죠.

* 광자가 여기에서 저기로 움직인다.

* 전자가 여기에서 저기로 움직인다.

* 전자가 광자를 흡수하거나 방출한다."

우리 사는 세상은 단 한순간도 고정되어 있지 않고 보이는 것이든 보이지 않는 것이든 크든 작든 개체들이 섞이고 스미면서 사건을 일으키는 과정이라는 인식을 보여주는 글입니다. 이러한 인식을 갖고 나자 정지된 채 수동적으로 살아가고 있는 인상을 준 나무들이 역동적으로 꿈틀대는 것이었습니다. 나무가 살아 움직이자 덩달아 숲해설도 생동감을 갖게 되었습니다. 아마 전문용어에 대한 인식과 이를 습득하려는 노력이 없었다면 느끼기 어려운 단계가 아니었을까 생각해봅니다.

공부를 위해 글을 하나 더 보겠습니다. 2005년 3월 〈한겨레21〉에 실렸던 김동광 강사의 글입니다.

"아인슈타인 이전의 기계론적 세계관에서 만물의 기본은 입자였다. 입자는 손으로 만지고 확인할 수 있는 구체적인 실체이며, 근대적인 존재론은 이러한 입자를 기반으로 삼는다. 이런 뉴턴의 생각이 아인슈타인에 이르면 입자는 그 의미를 잃고 사건(event)이라는 개념이 제기된다. 독립적으로 존재할 수 있는 것으로 가정되는 개념과는 달리 관계망(network)을 기반으로 삼는다."

사물과 사물과의 관계를 이해하는 데 큰 도움이 되는 글입니다. 관계로 존재하는 우리들, 네트워크가 기본 틀인 이 우주, 이러한 인식을 갖기 위한 전문용어 습득, 다시 말하지만 분명 선생님의 글쓰기 세계를 업그레이드시킬 것입니다. 그러면《우리는 불멸할 수 있는 존재입니다》라는 책에 나온 "자아는 사물(thing)이 아니라 과정(process)이에요"라는 말도 이해하게 될 것입니다. 자아에 대한 이러한 인식도 분명 선생님의 글쓰기를 달라지게 할 것입니다. 덧붙이자면 과정에서 출몰하는 자아상이 곧 서로 다른 대상과 상호작용하는 자아상이기도 합니다.

그럼 잠시 어렸을 때 배운 나무 공부를 상기시켜 나무에 대한 일상용어와 전문용어를 다시 써보시기 바랍니다. 생각이 안 난다면 인터넷 검색을 통해서 하시기 바랍니다.

나무에 대한 일상용어

나무에 대한 전문용어

상상력은
보는 것이다

이번에도 나무에 대해 쓰는데, 좀 길게 써보시기 바랍니다. 집 주변에 있는 나무도 되고, 어디선가 본 흔하지 않은 나무도 되고, 어릴 적 사연이 담긴 나무도 되고, 연인과 약속 장소로 자주 잡은 나무도 되고, 수목장도 됩니다. 내용과 형식에 구애받지 말고 내면에서 무엇이 올라오는지 잠시 성찰한 다음 쭉쭉 줄을 채워주세요.

_____

_____

_____

_____

_____

다음 글은 이형기 시인의 《당신도 시를 쓸 수 있다》에 나오는 것으로 나무를 바라보는 시각을 9단계로 나눈 것입니다. 어떤 관점으로 나무를 썼는지 글에 담겨져 있다고 생각하는 것 모두 동그라미를 치시기 바랍니다.

1. 나무를 그냥 나무로 본다.( )

2. 나무의 종류와 모양을 본다.( )

3. 나무가 어떻게 흔들리고 있는가를 본다.( )

4. 나무의 잎사귀들이 움직이는 모양을 세밀하게 살펴본다.( )

5. 나무 속에 승화되어 있는 생명력을 본다.( )

6. 나무의 모양과 생명력의 상관관계를 본다.( )

7. 나무의 생명력이 뜻하는 그 의미와 사상을 읽어 본다.( )

8. 나무를 통해서 나무 그늘에 쉬고 간 사람들을 본다.( )

9. 나무를 매개로 하여 나무 저쪽에 있는 세계를 본다.( )

1번부터 4번까지는 나무를 시각에 담긴 그대로 쓴 것이고, 5번부터 7번까지는 전문적인 공부를 통해 나무의 라이프사이클을 쓴 것이고, 8번은 나무와 사람을 연결시켜 쓴 것이고, 9번은 나무를 통해 나무의 궁극과 나무가 연결망을 이루고 있는 우주를 본 것이라고 할 수 있습니다.

이를 분석한 네이버카페 edu9508k의 매니저 국어공부 님의 글을 또 보겠습니다.

'1. 나무를 그냥 나무로 본다.(一외관에 의존하여 사실적으로 묘사)

2. 나무의 종류와 모양을 본다.(一비교와 대조의 수법으로 구분(분류))

3. 나무가 어떻게 흔들리고 있는가를 본다.(一나무의 움직이는 모습을 개성적으로 포착하여 시각적 심상으로 표현)

4. 나무의 잎사귀들이 움직이는 모양을 세밀하게 살펴본다.(一근경을 통해 나뭇잎의 동적인 모습을 내성적으로 관찰하여 생동감 있게 표현)

5. 나무 속에 승화되어 있는 생명력을 본다.(一계절을 통한 나무의 변화를 감각의 전이를 통해 우주적 관점으로 표현)

6. 나무의 모양과 생명력의 상관관계를 본다.(一나무의 끈질긴 생명력을 통해 인간의 고난 극복의 의지를 발견)

7. 나무의 생명력이 뜻하는 그 의미와 사상을 읽어 본다.(一의인화(감정이입)를 통한 관조적 관점에서 나무가 베푸는 사랑을 비유적 수법으로 표현)

8. 나무를 통해서 나무 그늘에 쉬고 간 사람들을 본다.(一나무를 통해 인간이 본받아야 할, 자연의 섭리와 천의무봉의 삶의 진리와 그 가치를 상징적으로 표현)

9. 나무를 매개로 하여 나무 저쪽에 있는 세계를 본다.(一나무(자연)처럼 여유와 관조가 필요한 인간관계에 대한 깨달음을 상징적(비유, 암시)으로 표현)'

이를 토대로 선생님의 의견을 ( )에 써보시기 바랍니다.

'1. 나무를 그냥 나무로 본다.

(   )

2. 나무의 종류와 모양을 본다.

(   )

3. 나무가 어떻게 흔들리고 있는가를 본다.

(   )

4. 나무의 잎사귀들이 움직이는 모양을 세밀하게 살펴본다.

(   )

5. 나무 속에 승화되어 있는 생명력을 본다.

(   )

6. 나무의 모양과 생명력의 상관관계를 본다.

(   )

7. 나무의 생명력이 뜻하는 그 의미와 사상을 읽어 본다.

(   )

8. 나무를 통해서 나무 그늘에 쉬고 간 사람들을 본다.

(   )

9. 나무를 매개로 하여 나무 저쪽에 있는 세계를 본다.

(   )

이제 다시 선생님의 글을 보시고 선생님은 어느 단계까지 글에 담았다고 생각하시는지요? 만일 9번까지 모두 담았다면 선생님의 인식은 훌륭한 것입니다. 그 문장들은 사물의 표면과 이면 그리고 그것을 아우르는 선생님의 성찰까지 잘 담긴 심층 문장이기 때문입니다.

그럼 나무에 대해 새롭게 쓰는 시간을 갖겠습니다.

_____

_____

_____

_____

_____

_____

_____

_____

_____

_____

《은유의 도서관》을 보면, "상상력은 보는 것이다"라는 말이 나옵니다. 무슨 말일까요? 물리 세계와 마음 세계의 궁극을 진심으로 알고 싶어 하는 공부가 쌓이면 쌓일수록 대상을 뚫고 지나가 대상 너머의 세계를 볼 수 있는 상상력이 만들어질 수 있다는 말 아닐까요? 그 상상력이 만들어내는 심층 문장, 영혼이 담긴 글이 아닐까요?

6강을 마치겠습니다. 감사합니다.

7장

나만의
은유를
가질 수 있다

안녕하십니까? 7강을 시작하겠습니다.

7강에서는 시인 혹은 비범한 글쓰기 재주를 가진 사람들의 전유물처럼 인식되고 있는 은유(隱喩)에 대해 공부해보겠습니다.

《언어와 인지》에 나오는 글을 보겠습니다.

"은유에 대한 논의는 아리스토텔레스에서 시작되었다고 볼 수 있다. 아리스토텔레스는 《시학》에서, 명사를 (1) 사물에 붙이는 일상어, (2) 외래어, (3) 은유, (4) 수식어, (5) 신어(新語), (6) 연장어(延長語), (7) 단축어, (8) 변형어로 나누고, '은유는 한 사물에서 다른 사물의 이름을 전이(epiphora)하는 것인데, 그 전환은 유(類)에서 종(種)으로 혹은 종에서 유로, 종에서 종으로 또는 유추에 의하여 이루어진다'고 하였다. 아리스토텔레스는 이러한 전이는 상이한 대상들 사이에 유사성이 있기 때문에 가능하며 은유는 이 유사성을 직관적으로 지각하는 천재적 재능에 의해 이루어진다고 함으로써 은유를 일상적인 언어 형태가 아니라 특수한 재능을 요구하는 수사학적 기술로 간주한다. 이에 따라 전통적 은유 이론에서는 은유를 '어떤 개념에 대한 여러 단어들이 유사한 개념을 표현하기 위해 그것의 정상적인 관습적 의미를 벗어나 사용되는 하나의 새롭고 시적인 언어표현'으로 정의함으로써 은유를 일상 언어와 구분하고 규범성과 장식성을 중심으로 다루게 된다."

아리스토텔레스의 은유 개념을 두고 인지언어학자인 조지 레이코프 교수가 등장하기 전까지 아무도 이의를 제기하지 않았습니다.

그럼 인용 글을 토대로 아리스토텔레스의 개념에 어떤 문제가 있는지 살펴보겠습니다.

"은유는 이 유사성을 직관적으로 지각하는 천재적 재능에 의해 이루어진다고 함으로써 은유를 일상적인 언어 형태가 아니라 특수한 재능을 요구하는 수사학적 기술로 간주한다"를 보겠습니다.

오랫동안 우리는 일상의 언어와 수사학의 언어를 나누어 생각했습니다. 일상 속에 은유 개념이 이미 녹아들어가 있는데도 일상이 글로 나타나는 순간 수사(修辭)가 작동해야 한다고 말해왔습니다. 수사의 사전적 정의는 "말이나 글을 다듬고 꾸며서 보다 아름답고 정연하게 하는 일. 또는 그런 기술"입니다. 이를 위해 많은 작가들이 밤을 새우며 가장 빛나고도 적합한 언어를 찾기 위해 고군분투했습니다.

나도 그랬습니다. 담배를 두 갑이나 피우며 머리를 쥐어뜯었습니다. 몇 시간이고 몇 날이고 찾아낸 수사가 마음에 들어 문장으로 옮겼는데, 상투적이고도 부적격하다며 외면을 당했습니다. 그때 이런 생각을 했습니다.

'아, 예술은 아무나 하는 게 아니구나!'

그러고는 글쓰기를 접었습니다. 세월이 흘러 예술 글쓰기가 아니라 생활 글쓰기를 하면서 은유를 다시 접해보니, 은유의 본질은 수사가 아니라 내면의 성찰에 있다는 것을 알게 되었습니다. 즉, 내가 쓰는 일상 언어를 있는 그대로 잘 표현하면 그게 곧 은유가 된다는 것이었습니다. 하나의 개념을 도드라지게 하기 위해 동원되는 수사에 공을 들일 필요가 없다는 의미였습니다. "은유를 일상 언어와 구분하고 규범성과 장식성을 중심으로 다루게 된다"는 것이 잘못된 이론이라는 것을 알게 되었다는 것입니다.

인지언어학을 국내에서 연구하고 있는 김동환 교수의 《인지언어학과 의미》에 나오는 글입니다.

"언어적 인지(linguistic cognition)란 인간의 인지능력 중에서 언어 현상과 관련 있는 인지를 말한다. 언어적 인지는 기타 다른 인지와 구별되는 특별한 위상을 가지고 있는 것이 아니라 포괄적인 인간의 인지와 분리되지 않는 현상이다. 이것은 심리학, 신경생물학에서 관찰할 수 있는 인지의 패턴이 언어에서도 반영된다는 것을 암시한다."

무슨 말일까요? 우리의 일상적인 인지가 발현된 형태가 언어의 세계이기 때문에 공통의 인지를 넘어서는 영원불변의 고고한 수사 같은 것은 본래부터 없다는 것입니다.

이해를 위해 김종도 교수가 쓴 《은유의 세계》에 나오는 글을 보겠습니다.

"은유는 원천영역과 목표영역 사이의 사상(mapping)이다. 이 정의는 원천영역과 목표영역의 선택에 어떤 제한도 없으므로 어떤 원천영역이라도 어떤 목표영역과 사상 관계를 맺을 수 있고, 어떤 목표영역도 어떤 원천영역과 사상 관계를 맺을 수 있다고 가정할 수 있게 한다. 이렇게 본다면 은유는 일 대 다중(one-to-many) 또는 다중 대 일(many-to-one)의 관계를 이룰 수 있는 것으로 이해할 수 있을 것 같아 보인다. 그래서 '인생=여행', '사랑=여행', '이력=여행'과 같은 은유들에서 보듯이 인생, 사랑, 이력 등이 여행과 사상 관계를 맺는 것은 다중 대 일 관계에 있는 것으로 볼 수 있고, '인생=게임', '인생=흐름', '인생=빛'에서 보듯이 인생이 게임, 흐름, 빛 등과 사상 관계를 맺는 것은 일 대 다중 관계에 있는 것으로 볼 수 있다."

여기서 등장하는 원천영역과 목표영역 개념을 보겠습니다. 원천영역은 목표영역을 잘 보여주기 위한 표현을 말합니다. 가령 "사랑은 눈물의 씨앗이다"라고 했을 때, '사랑'이라는 추상 개념은 목표영역이고, '눈물의 씨앗'이라는 구체적인 대상은 원천영역이 된다는 것입니다.

인용 글 가운데 "어떤 원천영역이라도 어떤 목표영역과 사상 관계를 맺을 수 있고, 어떤 목표영역도 어떤 원천영역과 사상 관계를 맺을 수 있다고 가정할 수 있게 한다"를 보겠습니다. 세상 모든 만물은 연결되어 있다고 했습니다. 즉 전혀 연결될 것 같지 않은 사물들 사이에도 유사성이 있으며, 이를 비유적으로 표현해낼 수 있습니다. 그 연결의 고리는 선생님 개인입니다. 그 누구도 대신할 수 없습니다. 이 점에 주목해야만 자신만의 언어를 만들어낼 수 있고, 그러다 보면 거기에 자신만의 독특한 은유가 담기게 됩니다. 누군가 멋지게 비유해 놓은 글은 참고삼아 볼 뿐, 그것이 절대 기준이 될 수 없다는 점을 인지하게 됩니다. 그러면 언젠가 많은 이들에게 인상적으로 다가갈 수 있는 독보적 은유가 탄생하게 됩니다. 또 강조하자면 은유는 외부의 수사에 있는 게 아니라 내면의 성찰에 있다는 것, 이 사실을 명심하면서 은유 공부를 해나가도록 하겠습니다.

내 마음은
호수일까

은유가 내면의 성찰에 있다는 말의 의미는 은유도 곧 개인의 삶이라는 것입니다. 멋진 은유를 만들어내기 위해 별도로 공부할 필요 없이 글쓰기 삶을 살다 보면 자신만의 은유가 흘러나온다는 것입니다. 만일 그렇지 않고 공부한 은유, 즉 어디선가 본 기막힌 은유를 출처도 밝히지 않고 자기 것인 양 썼다가는 낭패를 봅니다. 불협화음으로 도드라져 어색해 보이기 때문입니다.

지금까지 내가 들은 최고의 은유를 말씀드리겠습니다. 소설을 쓴다고 전라남도 무안에 머물 때입니다.

동네 청년이 자기 삶을 들려주고 있었습니다.

"아, 이 넘이 너무 싸가지 없이 굴잖여. 그래서 나가 얼굴을 똑바로 봄시롱 한마디 혔지. 그러자 혼을 빼듯이 놀라더라고."

같이 듣던 청년이 물었습니다.

"뭐라고 혔는디요?"

동네 청년은 좌중을 둘러보고는 말했습니다.

"니, 시방 예배당 종치듯이 한번 맞아볼텨."

모두가 웃어 죽는 줄 알았습니다.

뙤약볕에서 마늘을 캘 때였습니다. 여러모로 고되 힘이 들어 죽겠는데, 동네 아주머니가 조밭에서 일할 때 있었던 이야기를 들려주었습니다.

"아줌씨들만 잔뜩 모여 일을 하니께 심심했지. 그때 한 아줌씨가 벌떡 일어나더니 한마디했지. 그때부터 일에 속도가 붙었지."

"뭐라고 혔는디요?"

동네 아주머니는 아직 뽑히지 않은 마늘밭을 보고는 크게 소리를 질렀습니다.

"아따, 조(ㅈ) 섬이 석 섬이네."

당시 총각인 내 앞에서 민망했는지, 얼른 자리에 앉았지만 참으로 즐거웠습니다.

고구마를 심을 때였습니다. 밭은 넓고 사람은 몇 안 되고 더군다나 농사 젬병인 나 같은 사람도 있었으니 일이 더디게 흘러갔습니다. 가장 답답해한 분은 할머니였습니다.

"제 수염에 붙은 불 끄듯 싸게싸게 하더라고."

어떤가요? 이처럼 상황을 정확히 드러내면서도 삶의 미학이 있는 은유도 드물지 않을까요?

《언어와 인지》를 보겠습니다.

"은유(metaphor)는 '내 마음은 호수요'와 같은 표현에서 마음의 평온한 상태를 나타내기 위해 원관념인 '마음'을 보조관념 '호수'를 통해 드러내는 방식으로, 주로 문학이나 수사학 영역의 개념으로 다루어져 있다.

'성인의 외인성 주의가 스포트라이트라면 성인의 내부 의식은 길과 같다. 그 길이란 나만의 고유한 길이며, 내가 세상을 헤쳐 나가면서 만드는 자취다. 나는 그 자취를 돌아볼 수 있고 내가 어디쯤 왔는지도 볼 수 있으며, 흐릿한 목적지일지라도 그곳을 향해 앞을 내다볼 수도 있다. 그 길은 우리를 앞으로 이끌고 삶에 특유의 속도를 부여한다. 물론 이 길은 우리가 끝없이 강박적으로 <u>따라가는</u>, 틀에 박힌 좁은 궤도가 되기 십상이다. 하지만 아이들의 주의가 <u>등불</u>과 비슷한 것처럼, 아이들의 내부 의식은 <u>정복</u>하기 위한 <u>항해</u>라기보다는 <u>탐험</u>하기 위한 <u>여정</u>에 가까울지 모른다. 아이들은 <u>거센 물결</u>을 타고 내려가는 대신 의식의 <u>호수</u>에서 <u>노를 저어 간다</u>.'

위의 글은 심리학자 앨리슨 곱닉의 책에서 우리의 의식을 설명하는 부분으로, 밑줄 그은 부분은 모두 은유적 표현들이다. 어른과 아이의 주의가 다르다는 것을 '스포트라이트'와 '등불'로 비교하고 있을 뿐만 아니라, 어른과 아이의 의식의 과정 또한 약속한 길을 가는 것과 가보지 않아 탐험에 가까운 길을 가는 것으로써 비교하고 있다. 곱닉은 은유를 통해 설명하기 까다로운 개념인 의식과 주의를 이해시키고 있다. 은유가 없다면 눈에 보이지도 않고 손에 잡히지도 않는 정신의 과정을 어떻게 설명할 수 있었을까."

이 글은 우리가 평범하게 쓰고 있는 글의 상당 부분이 은유로 쓰여지고 있다는 것인데, 어떻게 생각하시는지요?

여기서 우리가 공부해야 할 것은 "은유가 없다면 눈에 보이지도 않고 손에 잡히지도 않는 정신의 과정을 어떻게 설명할 수 있었을까"입니다. 은유에 대한 핵심 개념일 것입니다.

이 말에 대한 이해를 위해 언어의 발달 과정을 말씀드리겠습니다. 언어학자들의 의견이 복잡해 내가 생각해낸 것만 전해드리겠습니다.

대략 4천 년 전 수메르 어느 지역에서 발달하기 시작한 공동체 마을에서 처음 나온 문자는 물품을 가리키는 명사였을 것입니다. 그리고는 명사의 단위를 정하는 숫자였을 것입니다. 다음으로 그 물품을 사용하는 사람들의 계급에 대한 지시어였을 것입니다. 관계가 복잡해지면서 관계를 개념화시키는 개념어도 필연적으로 발달했을 것입니다. 그러다가 사회적 관계와 존재론적 성찰에서 오는 감정에 대한 언어도 만들어낼 필요성이 있었고, 문자와 상호작용하는 가운데 어느 순간 그것이 가능해졌을 것입니다.

그런데 문제가 생겼습니다. 구체에서 시작한 언어들이 범주화되면서 개념어(추상어)들이 너무 많아져 그 개념어의 실체를 파악하기가 어렵습니다. 단어들도 많아지고 인구도 늘어나고 교통이 발달하면서 서로 섞이고 섞여 개념어의 출발점은 오리무중입니다. 게다가 산업혁명 이후 문자 해독률이 급속도로 증가하면서 주관적 개념어가 정착합니다. 그 과정에서 사람들은 개념어에 대한 이해를 비유를 통해서 인식하는 게 더 빠르다는 것을 인지하게 됩니다. 하지만 이때의 비유는 비유를 또 다른 비유로 보여주는 식이 아니라 목표영역을 보여주기 위한 원천영역이 좀더 과학적인 설명으로 가능한 구체적인 이미지가 되기를 바랍니다. 바로 이 부분 때문에 우리는 은유를 어려워합니다.

《은유와 마음》에 나오는 글을 두 개 보겠습니다.

"① '내 마음은 호수'라는 은유를 살펴보자. 내 마음이 넓거나 고요할 때 우리는 마음을 호수의 속성과 연결하여 '내 마음은 호수'라고 표현한다. 이때 우리는 '내 마음'을 '호수'의 관점에서 이해하고 경험한다. 그러므로 '호수'와 '마음'을 연결하는 것은 '나'이다.

② 원천영역(예: 호수)(근원영역, source domain)의 경험은 표적영역(예: 마음)(목표영역, target)의 경험보다 먼저 주어지며 더 구체적이고 직접적이다. 예를 들어 '그는 권력에 굶주렸다.', '나는 애정에 굶주렸다'라는 표현에 나타난 욕망은 일반적으로 배고픔이라는 신체 경험과 연관된다. 화는 '화가 머리끝까지 치민다'는 표현처럼 신체적 은유를 통해 표현되며, 행복은 '내 마음이 따뜻해졌다.'에서 체온으로 이해된다. 이와 같이 은유는 물질이나 신체를 통해 경험된다."

①의 글은 무엇을 말하는 것일까요? 은유에는 화자인 '나'가 있다는 것입니다. 즉 '내 마음은 호수'는 보편적인 은유가 아니라 그 시를 쓴 김동명 시인의 은유일 뿐이라는 것입니다. 달리 말해 선생님들은 선생님들의 마음을 표현할 때 다르게 쓸 수 있는데, 그것이 본래 우리들이 가지고 있는 은유적 언어 체계라는 것입니다.

②의 글은 무엇을 말하는 것일까요? 은유가 보편적일 수가 없다는 것입니다. 개

인은 모두 개인의 신체를 갖고 있기 때문입니다.

 그럼 직접 '내 마음은 ○○이다'라고 10개 써보겠습니다. 덧붙여 '○○ 때문이다'라고 써보겠습니다.

1.

2.

3.

4.

5.

6.

7.

8.

9.

10.

 어느 것이 진짜 내 마음일까요? 아마 내일 또 표현이 달라지겠지요. 매 순간 세상과 상호작용하는 마음이 달라지듯이 은유도 달라지기 때문입니다. 이게 은유의 또 다른 면모입니다.

문자 그대로와
비유

김성우 영어교육가가 쓴 〈(영어)교사를 위한 인지언어학〉에 나오는 글을 보겠습니다.

"언어를 배울 때 우리는 보통 '문자 그대로의 의미'(literal meaning)와 '비유적 의미'(figurative meaning)를 구분합니다. 이 둘 중에서 의미의 토대를 이루는 것은 문자적 의미이며 은유나 직유, 환유 등의 비유적 표현은 말글을 꾸미는 수사적 장치라고 배우지요. 그러나 인지언어학의 관점에서 보면 '문자 그대로의 언어'가 우선 존재하는 것이 아니고, '비유적인 것'이 부가적으로 따라오는 것도 아닙니다. 인지언어학의 관점에서 보면 오히려 언어는 기본적으로 비유적(metaphorical)입니다."

우리의 언어 체계가 기본적으로 은유 체계라는 말을 또 강조하기 위해 끌어온 인용 글입니다. '문자 그대로의 의미'와 '비유적 의미'라는 구가 등장하기 때문입니다.

'문자 그대로' 받아들여야 한다는 말을 들은 곳은 어릴 적 다니던 교회였습니다. 의문이 들어 질문을 던지고 싶은데도 의심은 불신이라며 《성경》을 있는 그대로 받아들여 믿음을 강하게 갖는 것이 중요하다는 말에 늘 주눅이 들었습니다. 세월이 흘러 인지언어학 책을 들여다보면서 '문자 그대로'가 갖는 의미에 대해 다시 생각해보게 되었고, 성경책을 필사하면서 《성경》에 메타언어가 있다는 것을 새롭게 알게 되었습니다.

먼저 메타언어(meta言語)는 '언어를 설명하는 언어'를 말합니다. 우리가 보는 국어사전이 대표적인 사례인데, '메타언어'는 사전적 정의로 "어떤 언어를 기술하거나 분석하는 데 쓰는 말. 영어 문법을 한국어로 설명할 경우에 한국어를 말한다. 〔비슷한 말〕 고계 언어·고차 언어·상위 언어"입니다.

그럼 《성경》에 나오는 '메타언어'를 보도록 하겠습니다.

먼저 '길'을 메타언어로 보고 이를 어떻게 설명하는지 보겠습니다.

"통행하는 도로. 성경에서 길에 대한 묘사는 수없이 많다. 로마는 제국 전역에 대로를 많이 건설했으며, 이 중에서 어떤 것은 아직까지 사용되고 있다. 상업용, 여행용, 군사용 등 다목적으로 사용되었다. 비유적으로는 인생에 있어서의 길 및 생활방식과 생활태도, 행위의 자세에 대해서 쓰였다(창 24:56, 욥 31:4, 사 40:27, 시 119:9). 특히 구약에서는 율법이 여호와께서 보여주신 길로 받아들여졌다(신 5:33, 28:9, 삼상 12:23)."

'길'이라는 '문자 그대로'의 의미가 자연스레 '비유의 의미'로 쓰이고 있다는 것인데, 이는 '길'이 닦여지면서 만들어진 '문자'가 '삶'이라는 추상 개념이 만들어지면서 '길'이 다른 그 어느 말보다 가져다 쓰기 가장 좋은 '비유'의 말이 되었다는 것을 의미합니다. 즉 구체와 추상의 동시적 상호작용 과정에서 비유가 형성된 것이지, 문자 그대로의 문자 속에서 파생된 비유는 없다는 것입니다.

다음으로 '그대로'에 대한 메타언어입니다.

"더하거나 고침이 없는 것을 뜻함. '그대로'(창 1:7)는 '명하신 대로 확실히' 또는 '틀림없이'의 뜻. 천지가 하나님의 명하신 바대로 창조된 것을 강조하는 말이다."

여기서 세 가지 시선을 보겠습니다. 《성경》의 '그대로'를 '문자 그대로'로 받아들여 신앙생활을 하시는 분들과 '그대로'를 진화적 사고로 원형을 추론하며 사고하시는 분들과, 그대로의 진실재를 '공(空)'으로 관통하는 불교도들의 사유들이 있다고 할 때 '그대로'에 대한 세 가지 시선이 교차하는 지점에 있는 '그대로'는 어떻게 이해하고 받아들여야 할까요? 세 가지 시선 말고도 더 많은 시선들이 있을 텐데, 그 모든 것들이 섞이고 스미는 '그대로'에 대한 의미부여, 사실 상당히 어려운 문제일 것입니다. '메타'라는 말이 '한 단계를 뛰어넘는 것'이라고 하더라도, '언어'를 통한 소통과 공감은 애초부터 성립하기 불가한 과정인지도 모릅니다.

그렇다면 왜 우리는 '문자 그대로'에 대한 말을 하면서도 비유적, 은유적 표현 체계로 언어를 발달시켜왔을까요?

《은유와 마음》에 나오는 글을 보겠습니다.

"사람들은 삶에 편재해 있는 은유를 통해 경험에 의미를 부여하여 해석하고, 이를 표현함으로써 새로운 체험의 대상을 만든다. 삶은 해석을 통해 더 분명하게 그 본질과 의미를 드러낸다. 은유는 '체험-해석-표현'의 해석학적 순환 과정을 통해 이야기를 새롭게 구성하거나 다양한 이야기를 만든다. 이를 통해 은유는 세계의 지평을 확장하고 삶의 깊이를 심화한다. 우리는 이해하고 해석하면서 살아갈 뿐만 아니라 이해하고 해석하는 방식대로 존재한다. 그러므로 은유를 읽고 말한다는 것은 이전과 다른 관점으로 자신의 세계를 변화시킨다는 것을 의미한다. 은유는 우리에게 세계를 보는 새로운 눈을 제공한다. 은유를 통해 개념과 사고가 재배열되고 우리가 경험하는 세계가 바뀐다. 세계를 다르게 보고 다르게 말하는 것, 이것이 삶을 확장하는 은유의 힘이다."

무슨 말일까요? 은유는 문화적 산물이라는 것입니다. 시대마다, 나라마다, 지역마다 삶이 다르고, 그것을 해석하는 것도, 표현하는 것도 다르기에 문자를 매개로 하는 실질적 교감은 어렵다는 것입니다. 하지만 그 모든 것을 감싸는 게 우리 인간 종(種)의 항상성입니다. 삶을 부정하려고 해도 살려는 자동 작동 시스템인 항상성이 만들어낸 은유가 약간씩 표현은 달라도 서로를 '그대로' 볼 수 있는 교감을 가져다줍니다. 이 부분에 대한 인지가 누군가의 은유를 비하하거나, 누군가의 은유를 영원불변한 최고의 은유로 받드는 잘못을 저지르지 않게 할 것입니다. 그것은 곧 자신의 은유를 길어 올리는 길이기도 합니다.

한걸음 더 나아가 왜 은유가 사람마다 다른지 다시 공부해보겠습니다. 《은유와 마음》에 나오는 글입니다.

"은유는 무의식적이고 자동적으로 발생하기 때문에 우리에게는 은유적으로 사고할지 안 할지 선택할 수 있는 권한이 없다. 우리는 사고와 추론의 방법을 의식적으로 알지 못하며, 그렇다고 아무렇게나 생각할 수도 없다. 은유는 우리가 의식적으로 알지 못하지만 어떤 원칙에 따라 이루어지는 사고 과정에 작용하는 기제 중 하나이다. 은유는 단순한 언어의 문제가 아니다. 은유는 무의식 영역에서 작용하면서 우리의 사고 과정을 지배한다."

　무의식에 담긴 것들을 퍼올리는 가장 좋은 툴(tool)이 글쓰기라고 했습니다. 쓰고 또 쓰면 어딘가 숨어 있는 선생님의 보석 같은 은유가 나올 것입니다. 자꾸 쓰다 보면 상투적인 은유를 쓰는 게 어느 순간 재미가 없어지기 때문입니다.

'죽은 은유'와
'산 은유'

《은유와 환유》에 이런 사례가 나옵니다.

　'① 황금의 팔 ② 창백한 슬픔 ③ 따사로이 가난하니 ④ 전등 불빛이 여기저기 돋아난다.'

　이 표현들은 은유적 표현일까요, 아니면 문자적 표현일까요? 김욱동 교수는 "① 은 명사 은유이고(팔이 황금처럼 값지다), ②는 형용사 은유이고(창백하다는 핏기 없는 얼굴을 말한다), ③은 부사 은유이고(따사롭다는 분위기를 나타낸다), ④는 동사 은유이다 (돋아난다는 주로 생명체에 붙는다)"라고 말합니다.

　선생님들 삶 속에서 만들어질 수 있는 은유를 위의 사례에 대비해 다섯 개 정도 써보고 그 이유까지 써보겠습니다.

　'(　　　　) 팔'

1.

2.

3.

4.

5.

'(   ) 슬픔'

1.
2.
3.
4.
5.

'(   ) 가난하니'

1.
2.
3.
4.
5.

'전등 불빛이 (   )'

1.
2.
3.
4.
5.

그래도 여전히 은유가 어려우신가요? 네, 실제로 어렵습니다. 널리 회자되는 '죽은 은유'는 얼른 떠올라 쓰기 쉬운데 막상 삶속에서 나온다는 선생님들만의 '산 은유'는 막연합니다. 여전히 은유 언어와 일상 언어를 분리시켜 사고하고 있기 때문입니다. 2천 년 넘게 지배해온 우리 의식 구조라 단기간에 바꾸기는 힘듭니다.

《네루다의 우편배달부》에 나오는 글을 보겠습니다.

〔네루다는 급히 호주머니를 뒤적거려 지폐 한 장을 꺼냈다. 평상시보다 후한 액수였다. 마리오는 돈 때문이 아니라 눈앞에 닥쳐온 이별 때문에 괴로워하며 "감사합니다"라고 말했다. 그 슬픔이 마리오를 돌부처로 만들었다. 걱정스러울 정도였다. 집 안으로 들어가려던 시인은 마리오가 드러내놓고 풀 죽어 하는 통에 왜 그러는지 궁금해졌다.

"무슨 일 있나?"

"네?"

"전봇대처럼 서 있잖아."

마리오는 고개를 돌려 시인의 눈을 찾아 올려다보았다.

"창처럼 꽂혀 있다고요?"

"아니, 체스의 탑처럼 고즈넉해."

"도자기 고양이보다 더 고요해요?"

네루다는 문손잡이를 놓고 턱을 어루만졌다.

"마리오, 내게는 《일상 송가》보다 훨씬 더 괜찮은 책들이 있네. 그리고 온갖 메타포로 나를 시험에 들게 하는 건 부당한 일이야."

"뭐라고요?"

"메타포라고!"

"그게 뭐죠?"

시인은 마리오의 어깨에 한 손을 얹었다.

"대충 설명하자면 한 사물을 다른 사물과 비교하면서 말하는 방법이지."

"예를 하나만 들어주세요."

네루다는 시계를 바라보며 한숨지었다.

"좋아. 하늘이 울고 있다고 말하면 무슨 뜻일까?"

"참 쉽군요. 비가 온다는 거잖아요."

"옳거니, 그게 메타포야."

"그렇게 쉬운 건데 왜 그렇게 복잡하게 부르죠?"

"왜냐하면 이름은 사물의 단순함이나 복잡함과는 아무 상관없거든. 자네의 이론 대로라면 날아다니는 작은 것은 마리포사(스페인어로 나비)처럼 긴 이름을 가지면 안 되겠네. 엘레판테(코끼리)는 마리포사와 글자 수가 같은데 훨씬 더 크고 날지도 못하잖아."

(중간 생략)

네루다는 마리오의 팔꿈치를 움켜쥐고 자전거를 대놓은 외등 쪽으로 단호하게 끌고 갔다.

"생각을 하려고 제자리에 가만히 있다는 말인가? 시인이 되고 싶으면 걸으면서 생각하는 것부터 시작하라고. 혹시 존 웨인처럼 걷는 것과 껌 씹는 걸 동시에는 못하는 거야? 당장 포구 해변으로 가라고. 바다의 움직임을 관찰하면서 메타포를 만들어 낼 수 있을 테니까."

"예를 하나 들어주세요."

"이 시를 한 번 들어보게."

(여기 이슬라 네그라는 바다, 온통 바다라네 / 순간순간 넘실거리며 / 예, 아니요, 아니요라고 말하지 / 예라고 말하며 푸르게, 물거품으로, 말발굽을 올리고 / 아니요, 아니요라고 말하네 / 잠잠히 있을 수는 없네 / 나는 바다고 / 계속 바위섬을 두드리네 / 바위섬을 설득하지 못할지라도 / 푸른 표범 일곱 마리 / 푸른 개 일곱 마리 / 푸른 바다 일곱 개가 / 일곱 개 혀로 / 바위섬을 훑고 / 입 맞추고, 적시고 / 가슴을 두드리며 / 바다라는 이름을 되풀이하네)

네루다는 만족하여 시를 멈췄다.

"어때?"

"이상해요."

"'이상해요'라니. 이런 신랄한 비평가를 보았나."

"아닙니다. 시가 이상하다는 것이 아니에요. 시를 낭송하시는 동안 제가 이상해졌다는 거예요."

"친애하는 마리오, 좀 더 명확히 말할 수 없나. 자네 이야기를 들으면서 아침나절을 다 보낼 수는 없으니까."

"어떻게 설명해야 할지요. 시를 낭송하셨을 때 단어들이 이리저리 움직였어요."

"바다처럼 말이다!"

"네, 그래요. 바다처럼 움직였어요."

"그게 운율이란 것일세."

"그리고 이상한 기분을 느꼈어요. 왜냐하면 너무 많이 움직여서 멀미가 났거든요."

"멀미가 났다고."

"그럼요! 제가 마치 선생님 말들 사이로 넘실거리는 배 같았어요."

시인의 눈꺼풀이 천천히 올라갔다.

"'내 말들 사이로 넘실거리는 배'."

"바로 그래요."

"네가 뭘 만들었는지 아니, 마리오?"

"무엇을 만들었죠?"

"메타포."

"하지만 소용없어요. 순전히 우연히 튀어나왔을 뿐인걸요."

"우연이 아닌 이미지는 없어."

마리오는 손을 가슴에 댔다. 혀까지 치고 올라와 이빨 사이로 폭발하려는 환장할 심장 박동을 조절하고 싶었던 것이다.]

네루다 시인은 우리가 일상에서 자연스레 은유를 사용하고 있는데도 그것이 은유인지 모르고 있다는 것을 말해주고 있습니다. 물론 여기의 은유도 안토니오 스카르메타 작가의 은유이기는 하지만, 이 대목에서 우리가 가져야 할 인식은 우리는 일상 언어에 늘 귀를 기울여야 한다는 것입니다. 은유는 거기서 빛나고 있습니다.

최고의 은유는
첫 문장

이번에는 인식의 확대를 위해 은유에 대한 심도 깊은 공부를 해보겠습니다.

《언어와 인지》에 나오는 글입니다.

"존재론적 은유는 가장 기본적인 경험 구조를 통해 생각과 마음과 같은 개념 영역을 이해하고 표현할 수 있도록 만들어주며, 이와 같은 방식으로 개념적으로 동떨어진 영역 사이의 구조적 유사성을 쉽게 지각하도록 해주는 가장 기본적인 은유적 개념화 방식이라고 할 수 있다. 다른 추상적 개념을 사물 관점에서 이해하는 것은 사물이 손으로 만지거나 조작할 수 있고, 양이나 무게, 온도, 명도, 밀도를 측정할 수 있다는 특성을 지니고 있기 때문이다. 사물은 우리에게 가장 익숙한 경험의 대상이다. 사물에서 얻은 다양한 지식은 사물 개념의 은유적 확장의 동기가 되며, 존재론적 은유는 이와 같은 사물에 대한 이해와 경험이 바탕이 된다. 레이코프와 터너에 따르면, 우리는 존재의 형태에 관한 일상적인 이론을 가지고 있는데, 사물에는 본질이 있고 그 본질은 사물이 행동하고 기능하는 방식을 유도한다고 하였다. 물체가 딱딱하고 부드럽고 깨지기 쉬운 것과 같은 본질적인 속성들이 사물의 본질적인 물리적 행동을 초래한다고 이해한다는 것이다. 이와 같은 세상의 사물들이 서로 관계되는 방식에 대한 일상적인 이론을 존재의 대연쇄(the great chain of being)라고 하였고, 이것은 다음과 같다.

ㄱ. 인간: 상위의 속성과 행동(예: 사고, 성격)

ㄴ. 동물: 본능적 속성과 행동

ㄷ. 식물: 생물학적 속성과 기능적 행동

ㄹ. 복잡한 물체: 구조적 속성과 기능적 행동

ㅁ. 자연스러운 물리적 사물: 자연스러운 물리적 속성과 자연스러운 물리적 행동"

학문적으로 서술된 문장이지만, 지금까지 공부해온 것을 돌이켜보면 어렵지 않습니다. 구체적인 사물 및 사람과의 접촉으로 빚어진 경험들이 추상 개념을 이해하는 원천이 된다는 것입니다. 여기서 다음 문장에 주목해보겠습니다.

"사물에서 얻은 다양한 지식은 사물 개념의 은유적 확장의 동기가 되며, 존재론적 은유는 이와 같은 사물에 대한 이해와 경험이 바탕이 된다."

무슨 말일까요? 좀더 풍부한 은유를 만들어내려면 아무래도 많은 공부가 필요하다는 말이겠지요. 이때의 공부는 부박한 공부가 아니라 발효된 공부를 말할 것입니다. 그런 공부가 일상 언어가 되고 그것이 우연인 듯 필연인 듯 글을 쓰는 과정에서 툭 튀어나오면 얼마나 반가울까요?

《언어와 인지》에 나오는 글을 또 보겠습니다.

"어떤 개념을 인간 관점에서 이해했다면 그 대상에 인간다운 속성을 부여하기 위해서라는 뜻이다. '파도가 손짓한다'와 같은 의인화 표현은 대상이 의지를 가지고 행동하는 것과 같이 인지한 것이다. 사람을 '짐승'에 비유했다면 강한 남성성을 좀더 본능적인 수컷다움을 드러내기 위함이었을 것이며, 어떤 것이 '뿌리를 내렸다'고 했다면 생명체가 살아가는 것처럼 기반을 다져 존속한다는 의미를 전달한다. 어떤 대상을 '기계'나 '톱니바퀴'와 같은 부속품에 비유했다면 내적인 구조와 체계의 의미를 전하기 위한 것이다. 따라서 존재의 대연쇄는 우리가 존재론적 은유를 사용할 때 주로 목표영역 개념의 어떠한 속성을 이해하기 위해 근원영역 개념을 선택하는지를 보여주며 이를 통해 존재론적 은유의 기본 바탕과 내적 체계를 설명해준다."

은유의 대표 선수는 의인화 과정일 것입니다. 우리는 왜 의인화를 끊임없이 하는 걸까요? 인간 위주의 삶을 확고히 하려는 것입니다.

《생명은 어떻게 작동하는가》에 나오는 글입니다.

"식물도 정보를 교환한다. 식물에도 감정이 있고 식물도 움직인다는 이야기는 전형적인 의인화다. 의인화의 뇌 작용은 약 1만 년 전 동물을 가축화하고 식물을 재배하는 농업혁명을 촉발했다. 야생의 동물과 식물을 인간이 길들이고 재배하려면 동물과 식물의 생리를 이해하면 된다. 인간과 비슷한 감정이 있다고 여기면 된다. 동물과 식물의 의인화는 동물과 식물도 인간과 소통할 수 있다고 무의식적으로 느끼는 인간의 적응된 뇌 회로 작용이다. 식물도 병균이나 곰팡이 감염에 반응하는 화학물질을 분비한다. 식충식물은 벌레를 잡아먹기 위해 잎을 움직인다. 이러한 식물의 반응은 신경시스템에 의한 감각과 운동이 아닌 생리적 반응이다."

이 글은 고차의식을 가진 인간 종(種)이 인간 이외의 생물이든 무생물이든 모든 것들이 '의식'을 가지고 있다고 여기면 그만큼 관리하기 쉽다는 말일 것입니다. 그래서 사물에 대한 지식이 많으면 많을수록 의인화 과정에서 비롯되는 은유는 사물의 본질을 더 잘 드러낼 수 있고, 그런 은유는 우리의 본능을 자극해 더 큰 공감을 얻을 수 있습니다.

《부분과 전체》에 나오는 글을 보겠습니다.

〔"그렇지. 그렇게 되면 실증주의자들은 자네가 불분명한 쓸데없는 소리를 지껄이고 있다고 비난할 것이고, 그와 같은 일은 절대로 일어날 수 없다고 자신만만해 할 것이다. 그러나 진리란 도대체 어디에 더 많이 존재한단 말인가. 분명한 곳에 있단 말인가. 불분명한 곳에 있단 말인가. 보어가 말한 바와 같이 '심연 속에 바로 진리가 숨어 있다'면 어디에 심연이 있으며 어디에 진리가 있단 말인가. 그리고 이 심연이라는 것은 생(生)과 사(死)의 문제와는 무슨 관계가 있단 말인가."

이 대화는 잠시 동안 중단되었다. 불과 수백 미터 떨어진 담청색의 황혼 속을 마치 동화에나 나오고 꿈속에서나 보는 듯한 휘황찬란한 큰 여객선이 불야성을 이루면서 지나갔기 때문이다. 나는 저렇게 밝게 빛나는 선창 너머에서 전개되고 있을지도 모르는 인간들의 운명에 대하여 잠시 동안 생각에 잠겼다. 그때 나의 환상 속에서 볼프강의 질문이 기선에 대한 물음으로 탈바꿈하면서 사색이 전개되어 갔다. 기선이란 도대체 무엇인가. 그것은 발전기와 전기배선과 전등을 가지고 있는 철(鐵) 덩어리란 말인가. 아니면 그것은 인간 의도의 표현, 즉 인간관계의 결과로써 만들어진 하나의 형태인가. 또는 그것은 조형력의 대상으로서, 이 경우에는 단백질의 분자뿐만 아니라 철이나 전류에까지 적용되는 생물학적인 자연법칙의 결과인가. 그렇다면 '의도'라는 단어는 다만 조형력이나 인간의 의식 안에 있는 자연법칙의 반영에 불과한 것인가. 그리고 여기서 '다만'이라는 단어는 무엇을 뜻하는가.

여기서 나의 독백은 다시 일반적인 문제에 관한 자문자답으로 옮겨가고 있었다. 전체적으로 세계 질서구조의 배후에서 그 질서구조 자체의 '의도'가 되어 있는 '의식' 같은 것을 생각해보는 것은 무의미한 노릇인가. '의식'이란 말 자체가 물론 인간의 경험에서 비롯된 것이기 때문에, 따라서 이 개념도 본래 인간적인 영역 밖에서는 사용할 수 없는 것이다. 이렇게 엄격하게 제한해버린다면 결국 한 마리 동물의 의식에 관해서 운운하는 것은 허용될 수 없을 것이다. 그런데도 사람들은 그런 말의 방식에 어떤 뜻이 있는 것같이 느끼고 있다. 그래서 사람들이 '의식'이라는 말을 인간의 영역 밖에서 사용하려고 할 때 그 개념의 의미는 더 광범위해지고 더 모호해짐을 느끼게 될 것이다.]

불확정성의 원리로 잘 알려진 하이젠베르크의 사유 과정에서 무엇을 볼 수 있을까요? 의문을 갖는 사고의 확대를 통해 모든 것들이 연결되고 있지는 않나요? 사물이든 생각이든 내면에서 치고 올라오는 언어적 의문들에 대한 답을 찾기 위해 또 다른 언어들을 길어 올리고 있는 듯 보이지 않나요? 이러한 관계 맺음이 은유적 연결이고, 사물 및 사유의 사슬은 모두 네트워크로 되어 있어 단 하나의 단절도 없을 것입니다. 즉 우리가 만들어내지 못할 아니 연결시키지 못할 은유는 이 세상에 없다는 것입니다. 이를 위한 부단한 공부, 반드시 필요합니다.

그럼 《은유로 본 기억의 역사》에 나오는 "은유는 구체적인 것과 추상적인 것, 시각적인 것과 언어적인 것, 사실적인 것과 개념적인 것을 결합한다"라는 문장을 근거 삼아 한 번 더 은유를 만들어보겠습니다.

구체적인 것과 추상적인 것

1.

2.

3.

4.

5.

시각적인 것과 언어적인 것

1.

2.

3.

4.

5.

사실적인 것과 개념적인 것

1.

2.

3.

4. _____

5. _____

    마지막으로 꼭 읽어볼 필요가 있는 책의 첫 문장을 옮겨왔습니다. 어느 책이든 첫 문장이 최고의 은유가 아닐까요?

    "행복한 가정은 모두 모습이 비슷하고, 불행한 가정은 모두 제각각의 불행을 안고 있다."(《안나 카레니나》, 톨스토이)

    "그에게서는 언제나 비누 냄새가 난다."(《젊은 느티나무》, 강신재)

    "코스모스COSMOS는 과거에도 있었고 현재에도 있으며 미래에도 있을 그 모든 것이다."(《코스모스》, 칼 세이건)

    "1897년의 한가위.

    까치들이 울타리 안 감나무에 와서 아침 인사를 하기도 전에, 무색옷에 댕기꼬리를 늘인 아이들은 송편을 입에 물고 마을 길을 쏘다니며 기뻐서 날뛴다."(《토지》, 박경리)

    "하나의 유령이 유럽을 떠돌고 있다. 공산주의라는 유령이. 옛 유럽의 모든 세력이 연합하여 이 유령을 잡기 위한 성스러운 몰이 사냥에 나섰다. 교황과 차르, 메테르니히와 기조, 프랑스의 급진파와 독일의 경찰들이."(《공산당 선언》, 마르크스, 프리드리히 엥겔스)

    "나는 병적인 인간이다…… 나는 심술궂은 인간이다. 나는 남의 호감을 사지 못하는 인간이다."(《지하 생활자의 수기》, 도스토옙스키)

    "'힘들게 위에 가면 뭐가 있나? 그러지 말고 계곡 식당에 앉아서 닭백숙에 막걸리나 한 잔씩 하자고.'

    나는 북한산성 매표소 주변에서 이런 말을 하곤 했다."(《백수산행기》, 김서정)

"많은 이들이 월급에 기대어 먹고 살며 도시의 아파트나 사람들이 북적대는 곳에서 하루하루를 살아간다. 식구를 먹여 살리는 일뿐 아니라 여러 가지 복잡한 문제들이 사람들을 살기 힘들게 한다."(《조화로운 삶》, 헬렌 니어링, 스콧 니어링)

"앨리스는 언덕에서 하는 일도 없이 언니 옆에 앉아 있는 것이 지겨워지기 시작했다. 언니가 읽고 있는 책을 한두 번 슬쩍 들여다보았는데, 그건 그림도 대화도 전혀 없는 책이었다."(《이상한 나라의 앨리스》, 루이스 캐롤)

"태초에 하나님이 천지를 창조하시니라 땅이 혼돈하고 공허하며 흑암이 깊음 위에 있고 하나님의 영은 수면 위에 운행하시니라 하나님이 이르시되 빛이 있으라 하시니 빛이 있었고 빛이 하나님이 보시기에 좋았더라"(《구약 성경》)

"이와 같이 내가 들었다. 어느 때 부처님께서 사위국기수급고독원에서 큰 비구 천2백5십인과 함께 계시었다. 그때 세존께서는 진지드실 때가 되었으므로 가사를 입으시고 바루를 가지시고 사위성에 들어 가시와 차례로 밥을 비시었다."(《금강경》)

"배우고 때때로 익히면, 또한 기쁘지 아니한가. 벗이 있어 멀리서 찾아오면, 또한 즐겁지 아니한가. 남이 나를 알아주지 않아도 서운해 하지 아니하면, 또한 군자가 아니겠는가."(《논어》)

7강을 마치겠습니다. 감사합니다.

8장

글쓰기
업그레이드
광장

반갑습니다. 마지막 8강을 시작하겠습니다.

예체능 과목을 보면 실기와 이론이 있습니다. 중점 사항은 실기입니다. 글쓰기도 마찬가지입니다. 이론은 큰 틀을 잡는 조언일 뿐 실제로는 실기인 쓰기가 중요합니다. 앞에서 말했지만 자꾸 쓰다 보면 글쓰기 초기에 나타나는 여러 현상들은 자연스레 해결이 됩니다.

8강은 하나의 주제가 없습니다. 그동안의 경험으로 선생님들에게 도움이 될 만한 글쓰기 자료를 더 공유하는 장으로 꾸몄습니다. 참고하시어 꾸준한 글쓰기 꼭 해내시기 바랍니다.

고치기
기술 ①

다음 영문은 미국 듀케인대학교 홈페이지에서 가져온 글입니다.

〔Writing to Learn

Why is writing an important teaching strategy for every class?

Faculty members in every discipline should require their students to write because writing is a process that helps students to learn in any subject. Knoblauch and Brannon in "Writing as Learning through the Curriculum" put it best: "The value of writing in any course should lie in its power to enable the discovery of knowledge"(1983).]

다음은 구글 번역기의 번역 글입니다.

〔배우기 쓰기

왜 모든 수업에 중요한 교습 전략을 쓰고 있습니까?

모든 분야의 교수진은 학생들이 모든 과목에서 배우는 데 도움이 되는 과정이므로 글쓰기를 요구해야 합니다. Knoblauch와 Brannon은 "커리큘럼을 통한 학습으로 작성"에서 "지식의 발견을 가능하게 하는 모든 과정에서 글쓰기의 가치는 있어야 한다."(1983)〕

다음은 네이버 번역기의 번역 글입니다.

〔배우기 위해 쓰기

왜 작문이 모든 반에서 중요한 교육 전략인가?

모든 분야의 교수들은 글쓰기는 학생들이 어떤 과목에서도 배울 수 있도록 도와주는 과정이기 때문에 학생들이 글을 쓰도록 해야 한다. "교육 과정을 통해 배우는 것"의 Knoblauch와 Brannon은 "어떤 과목이든 글쓰기의 가치는 지식의 발견을 가능하게 하는 그 힘에 있어야 한다"고 가장 잘 말했다.(1983)〕

듀케인대학교 홈페이지 글과 번역 글을 소개한 이유는 두 가지를 말씀드리고 싶어서입니다.

먼저, 미국 교육은 글쓰기를 아주 중요하게 여깁니다. 《150년 하버드 글쓰기 비법》에서 송숙희 작가는 《보물섬》의 작가 로버트 루이스 스티븐스의 말을 인용합니다.

"글쓰기가 어려운 이유는 그저 글을 쓰는 것이 아니라 자신이 의도하는 글을 써야

하기 때문이며, 독자에게 그저 영향을 주는 정도가 아니라 엄밀하게 자신이 원하는 쪽으로 영향을 미쳐야 하기 때문이다."

논리적 설득을 중요하게 여기는 미국인의 사고방식이 잘 반영된 글입니다. 그러면서 송숙희 작가는 "자신의 의도대로 독자를 움직여서 원하는 반응을 끌어내는 전달력을 가지려면 세 가지 조건을 충족해야 합니다. ① 무엇을 말하는지 분명히 할 것 ② 왜 말하는지 분명히 알게 할 것 ③ 원하는 반응을 분명히 요청할 것"이라고 말합니다.

'writing to learn.' 이는 미국 글쓰기 교육의 모토입니다. 쓰는 것만큼 좋은 학습법은 없다는 지론 때문입니다.

《생명은 어떻게 작동하는가》에 나오는 글입니다.

"생각은 행동으로 출력되기 전에는 구체적으로 보이지 않는다. 생각은 신체적 감각, 정서적 느낌, 짧은 추론의 혼합물이다. 감각과 느낌은 생각의 배경 정서가 되며, 논리적 생각과 추론은 행동 선택의 근거가 된다. 논리적 사고는 연결사슬이 강하고 일정한 길이가 되어야 힘을 발휘한다."

논리적 사고로 설득력을 갖추는 최고의 방법은 글쓰기라는 점, 명심 또 명심하시기 바랍니다. 생각을 언어로 나타낼수록 명료해지고 탄탄해진다는 사실, 역시 꼭 잊지 마시기 바랍니다.

다음으로 원문과 구글 번역, 네이버 번역을 소개한 이유는 이렇습니다. 고치기 기술을 말하기 위해서입니다. 원고를 고치는 기술적인 이야기 즉 줄이기, 순서 바꾸기 등은 앞에서 말씀드렸습니다. 이렇게 하는 가장 큰 이유는 어떻게 하면 가장 효율적으로 의미를 부여할 수 있는가에 대한 구현 과정 때문입니다.

《내 귀에 바벨 피시》에 나오는 '번역가가 하는 일'을 보겠습니다.

〔우리는 일상에서 자신의 말과 타인의 말을 항상 반복한다. 이를 위해서는 같은 말을 다르게 표현할 수 있는 본인의 타고난 재표현(Rephrase) 능력과 더불어 잘 갖춰진 일련의 도구들을 사용해야 한다.

— 한 단어를 그와 같은 의미의 다른 단어로 대체할 수 있다.(동의어)

— 어떤 표현의 한 부분을 취하여 그보다 더 길고 자세한 말로 대체할 수 있다.(확장)

— 어떤 표현의 한 부분을 취하여 허사(dummy, 특별한 어휘적 의미는 없으나 문법적 기능을 하는 단어 – 옮긴이), 축약형 또는 짧은 형태로 대체하거나 아예 생략할 수 있다.(축약)

— 어떤 표현의 한 부분을 취하여 다른 위치로 이동시키고 나머지 단어들을 적절하게 재배열할 수 있다.(주제 이동)

— 자신의 언어 도구 중 적절한 것을 사용하여 표현의 한 부분을 나머지 다른 부분보다 더 두드러져 보이게 할 수 있다.(강조의 변화)

— 원문에 함축된 사실이나 상태 또는 견해와 관련된 표현을 첨가하여, 자신(또는 대화 상대)이 방금 말한 내용을 명확히 할 수 있다.(명료화)

— 그러나 방금 언급된 내용을 완전히 동일한 말투, 어조, 단어, 형태, 구조로 반복하지는 못한다.(천부적인 재능이 있고 귀가 예리하며 잘 훈련된 모창가수 혹은 음악 관련 종사자라면 얘기가 달라질 수도 있다.)

번역가 역시 다른 누군가의 말을 반복할 때 위와 동일하게 한다. 물론 번역가의 이러한 '따라 말하기'는 소위 말해서 다른 언어로 이루어지긴 하지만, 그렇다고 해서 그가 사용하는 도구의 범위에 차이가 생기는 것은 전혀 아니다.

그러나 번역을 할 때 번역가는 중요한 목적을 위해 이 도구들을 사용하는데, 그 목적은 우리가 누군가와 동일한 언어로 상호작용을 할 때 자발적으로 혹은 우연히 상대방의 말을 반복하는 것과 반드시 관계가 있는 것은 아니다. 번역가는 원문의 발화가 발휘하는 힘을 보존하기 위해 노력한다. 쉽게 말해, 발화된 내용의 전반적인 의미뿐만 아니라, 그 발화 자체가 갖는 의미까지 보존하려고 노력한다. 그에 더해, 자신이 만든 제2의 표현에 사용될 구체적인 맥락에 적합한 방식으로 이들 의미를 보존하기 위해 노력한다. 번역을 할 때, 번역가는 어떠한 것도 변화시키려 하지 않는다. 반면 우리가 어떤 발화 내용을 번역하는 것이 아니라 반복할 때는 대체로 거기에 크고 작은 변화를 주려고 노력한다.]

이 글을 참고삼아 선생님들이 고치기를 할 때 초고를 출발어(번역할 나라의 말)로 보고 고치기 하는 원고를 도착어(번역하는 나라의 말)로 보면 어떨까요? 선생님들이 쓴 초고는 선생님이 쓴 것은 맞지만 다른 나라의 말처럼 보일 수도 있기 때문입니다.

쓰는 나와 보는 나, 글과 선생님 사이에 형성된 객관성과 거리 등등을 염두에 두면 고치기는 초고보다 더 힘들게 진행될 수 있는데. 이 과정이 고치기의 핵심입니다.

연습 삼아 위의 영문과 번역 글을 토대로 매끄러운 번역을 직접 해보시기 바랍니다. 영어가 어려우면 한글 번역을 윤문한다고 생각하시고 새롭게 써보시기 바랍니다.

_____

_____

_____

_____

고치기
기술 ②

《어제의 세계》에 나오는 글을 보겠습니다.

"나는 전기 작가이자 에세이 작가로서, 어떤 책이나 인물이 그들의 시대에 끼친 영향의 원인이나 영향을 끼치지 않은 원인을 연구해 보는 것을 언제나 나의 의무로 느끼고 있었다. 그래서 이따금 조용히 혼자 생각해 볼 때에는 나의 책들의 뜻하지 않은 성공은 도대체 어떤 특별한 성질에 기인하고 있는 것인가를 스스로 묻지 않을 수 없었다. 결국 그것은 내가 인내심이 없는 열정적인 독자라는 데에서 오고 있는 것이다. 소설이나 전기, 그리고 지적인 논쟁 같은 것에도 모든 남아 돌아가는 것, 장황한 것, 막연한 열중, 불투명하고 명확하지 않는 것, 질질 끄는 경향이 있는 것, 이런 모든 것들은 나를 애가 타게 한다. 흔들지 않고 한 페이지 한 페이지가 수준을 유지하며 마지막 페이지에 이르기까지 단숨에 숨도 쉬지 않고 끌고가는 책만이 나에게 완전한 즐거움을 준다. 내 손에 들어온 책의 10분의 9는 불필요하게 남아 돌아가는 묘사, 지껄여 대는 대화, 그리고 필요 없는 부차적인 인물에 의해 장황하게 늘어놓아서, 긴장감과 다이나믹한 힘이 결여되었다고 생각된다. 가장 유명한 고전적 걸작들까지도 그 많은 무미건조하고 질질 끄는 문장들이 나의 마음을 거북하게 한다."

고치기를 할 때 꼭 해결하고 싶은 것들이 츠바이크 작가가 말한 "모든 남아 돌아가는 것, 장황한 것, 막연한 열중, 불투명하고 명확하지 않는 것, 질질 끄는 경향이 있는 것"들입니다.

츠바이크의 다음 말을 들어보겠습니다.

〔장황하고 지루한 모든 것에 대한 이러한 혐오는 필연적으로 남의 작품을 읽는 것에서부터 내 자신의 작품을 쓰는 일로 이행하지 않을 수 없었고, 나를 특별히 조심성 있게 훈련시켜 주었다. 원래 나는 매우 쉽게 물이 흐르듯이 창작을 하며, 어떤 책의 초고를 쓸 때는, 나의 상상이 유유히 달리게 하고 붓이 마음대로 가도록 내버려 둔다. 마찬가지로, 전기적 작품을 쓸 때에는, 우선 생각할 수 있는 모든 종류의 기록물을 충분히 이용한다. 《마리 앙트와네트》와 같은 전기물의 경우에는, 나는 실제로 그녀의 개인적인 소비 행태를 확인하기 위해 하나 하나 어떤 계산도 재검토했고, 그 시대의 모든 신문이나 소책자를 연구하였고, 모든 소송 서류를 한 줄도 빠뜨리지 않고 철저하게 파고들었다. 그러나 인쇄된 책에는 이들 모든 것에 관해서는 한 줄도 찾아볼 수 없다. 왜냐하면 어떤 책의 대략적인 초고가 청서(淸書)되자마자 나는 본격적인 작업인 압축과 구성 작업을 시작하기 때문이다. 그것은 표현 하나 하나에 아무리 정성을 다해도 끝나지 않는 작업이다. 그것은 쉬지 않고 배의 안정을 위해 바다의 짐을 갑판 위에서 내던지는 것과 같은 작업이며, 내면의 건축을 부단히 농축화하고

명석화하는 일이다. 많은 다른 작가들이 그들이 알고 있는 그 무엇을 말하지 않고 그냥 지나갈 결심을 내리지 못하고, 뜻대로 씌어진 문자에 흘려서 그들이 본래 가지고 있는 안목 이상으로 더 넓고 깊은 것을 보여주려고 하는 데 반해, 나의 야심은 언제나 겉으로 나타나는 것보다 더 많이 나의 지식을 점점 더 깊이 있게 하는 일이다.

이러한 농축의 과정, 따라서 극적인 것으로 만드는 과정은 교정지로 한 번, 두 번, 세 번씩 되풀이된다. 그것은 결국 그것이 없어도 정확성을 감소하지 않고 동시에 템포를 높일 수 있는 하나의 문장, 또는 하나의 말을 찾아내려는 일종의 즐거운 사냥과 같은 것이 된다. 나의 작업 중에서는 이렇게 내버리는 일이 사실 나에게는 가장 즐거운 일이다. 언젠가 내가 특히 만족해 하면서 자리에서 일어나 아내가, "오늘은 뭔가 특별히 잘된 것 같군요" 하고 말했을 때, 나는 자랑스럽게 이렇게 대답한 일이 있다. "맞아. 또 한 문장 전체를 없애버렸기 때문에 한층 더 급템포로 진행시킬 수 있었어." 그러므로 나의 저서에서 이따금 감동적인 템포가 칭찬을 받고 있다면, 이 특질은 결코 자연의 열기나 내면의 흥분에서 일어나는 것이 아니고, 모든 불필요한 중간 쉬기나 잡음을 쉬지 않고 제거하는 저 체계적인 방법에서만 올 수 있는 것이다. 그리고 만약 내가 뭔가 어떤 종류의 기술을 체득하고 있다고 한다면 그것은 포기할 줄 아는 기술이다. 왜냐하면 1천 페이지 중에서 8백 페이지가 휴지통에 들어가버리고 2백 페이지만이 체에 거른 정수로서 남는다고 하더라도 나는 절대로 한탄하지 않기 때문이다. 만약 내 책에 뭔가 알맹이가 있다면, 그것은 기꺼이 상당히 제한된 형식에 그러나 언제나 절대적으로 본질적인 것에 자신을 국한시키는 엄격한 훈련이 부분적으로 나의 책이 가진 효과의 중요한 요인이 된 것으로 설명할 수 있을 것이다.]

이 글을 한마디로 줄이면 어떻게 될까요?

"버리고 또 버려서 농축하라."

기꺼이 버리는 태도, 고치기의 또 다른 핵심입니다. 이 과정을 거치면 선생님의 글은 분명 시원하게 트일 것입니다.

관심과 관찰
키우기 ①

관심과 관찰에 대한 이론은 설명하지 않겠습니다. 이에 괜찮은 툴(tool)인 감사쓰기에 대해 말씀드리겠습니다.

가장 감사해야 할 사람에게 직접 감사를 써보겠습니다.

1.
_____

2.
_____

3.
_____

4.
_____

5.
_____

어렵다면 감사일기를 쓰는 것으로 유명한 오프라 윈프리의 감사 글을 보도록 하겠습니다.

"1. 오늘도 거뜬하게 잠자리에서 일어날 수 있어서 감사합니다. 2. 유난히 눈부시고 파란 하늘을 보게 하여 주셔서 감사합니다. 3. 점심 때 맛있는 스파게티를 먹게 해주셔서 감사합니다. 4. 얄미운 짓을 한 동료에게 화내지 않았던 저의 참을성에 감사합니다. 5. 좋은 책을 읽었는데, 그 책을 쓴 작가에게 감사합니다."

감사(感謝)의 감(感)은 다 함(咸) 자와 마음 심(心) 자가 합쳐진 글입니다. 이는 마음을 다해 감사를 하되 마음 한구석이라도 감사하지 않은 마음이 있으면 이는 감사가 아니라는 뜻입니다. 즉 감사의 말을 전할 때는 건성으로 하지 말고 진정성을 가지고 그 마음까지 바치는 자세로 하라는 것입니다.

감사(感謝)의 사(謝)는 말씀 언(言), 몸 신(身), 마디 촌(寸) 자로 이루어졌습니다. 이는 감사의 말을 전할 때 말과 몸을 구부려서 해야 한다는 것, 즉 철저히 겸손의

자세로 감사를 해야 한다는 뜻입니다. 무언가를 베풀듯이 무엇을 바라는 마음으로 감사를 해서는 안 되고 상대방을 존중하는 마음으로 감사를 해야 한다는 것입니다.

감사는 영어로 'Thanks'인데, 이의 어원은 'Think' 즉 '생각하다'입니다. 사람을 혹은 사물과 사건을 생각하고 또 생각하는 마음이 만든 감사와 Thanks, 이를 마음속에 넣어 글쓰기를 하면 관심과 관찰력은 자연스레 배양됩니다.

관심과 관찰 키우기 ②

《자전적 스토리텔링의 모든 것》에 나오는 글입니다.

〔(1인칭으로 직접 쓰기)

1. 사람들이 나의 어떤 면을 좋아하고 어떤 면을 싫어하는가? 양쪽 다 글에 담아야 한다.

2. 사람들이 나를 어떤 사람으로 생각하길 바라는가? 사람들 앞에서 거짓된 모습을 꾸며내거나 다른 사람인 척한 적이 있는가?(화가 나서 소리 지르던 연인이나 가족이 이 질문에 대한 답을 이미 알려주었을 것이다.)

3. 내가 아닌 다른 사람으로 위장할 때 자주 나오는 말버릇이 있는가? 내가 아는 학생은 자신이 재미있는 사람이라는 점을 보여주고 싶을 때 메탈음악이나 밴드에 대한 이야기를 꺼내곤 했다. 내 경우에는 갑자기 철학을 들먹이며 허튼 소리를 늘어놓는다.〕

직접 써보겠습니다.

1.
_____

2.
_____

3.
_____

　이 글을 가지고 3인칭 글쓰기를 해보겠습니다. '나'를 '그' 혹은 '그녀'로, '철수' 혹은 '영희'로, 아님 그 외의 상상을 발휘해 시점을 바꾸어 써보겠습니다.

1.
_____

2.
_____

3.
_____

　두 글을 보면서 든 느낌을 글로 또 써보겠습니다.

_____

_____

_____

_____

　《글쓰기 치료》에 나오는 다음 내용을 읽어보겠습니다.

〔(3인칭으로 바꾸어 쓰기)

　많은 소설가들이 주인공의 목소리를 결정하는 데 무척 고심한다. 이야기가 3인칭 화자와 달리 1인칭 화자로 시작되었을 때 암시하는 것은 무엇인가? 다음의 심리적 외상에 대한 에세이의 처음 두 문장을 살펴보자.

　1인칭 화자: 내가 열일곱 살이었을 때, 아버지는 집을 나가셨다. 나는 누나와 엄마 간의 감정적인 싸움의 덫에 갇혔다. 두 사람은 서로를 미워했으며 그들의 싸움에 나를 끌어들이려고 했다. 그것에 대한 글을 쓰는 것만으로도 집에서 항상 느꼈던 고통과 슬픔이 되살아난다.

3인칭 화자: 그가 열일곱 살이었을 때 그의 아버지는 집을 나가셨다. 그는 누나와 엄마 간의 감정적인 싸움의 덫에 갇혔다. 두 사람은 서로를 미워했으며 자신들의 싸움에 그를 끌어들이려고 했다. 그것에 대해 글을 쓰는 것만으로 그에게는 항상 느꼈던 고통과 슬픔을 되살아나게 했다.]

1인칭도 2인칭도 3인칭도 사실은 모두 선생님들 개인의 관점이지만, 우리의 정신활동은 이를 모두 허용하고, 단어에 마술이 있다는 것처럼 그것들을 실제 현상으로 받아들입니다. 그래서 다각적인 시점에서의 글쓰기를 해보면, 전과 다른 인식의 세계에 들어갈 수 있습니다. 이를 통해 관심과 관찰의 영역은 넓어지고, 글은 거시에서 미시로, 아니 거시와 미시가 통합되는 차원 높은 글을 쓸 수 있게 됩니다.

관점
알기 ①

관점을 알기 위해《단어의 사생활》에 나오는 내용을 갖고 직접 해보겠습니다.

다음 질문에 대한 답을 써보겠습니다.

"선생님들 앞에 전깃불 아래에 놓여 있는 물병이 있다. 이 물병을 본 적이 없는 사람들에게 이것을 묘사해 준다고 생각하고 5분 동안 글을 써보자. 끊지 말고 계속 써나가야 한다."

_____

_____

_____

_____

다음 글을 읽은 뒤 선생님이 쓴 글을 다시 읽어보시기 바랍니다.

"가장 흥미로운 사례는 물병 왼쪽에 드리우는 그림자와 빛에 대해 쓰는 사람들이다. 대학생 중 그림자에 대해 쓰는 사람들은 생각이 깊고 예술적이며 외모에 신경을 덜 쓰는 경향이 있다. 그리고 이들은 더 높은 성적을 받고 전시회에 더 많이 가며 컴퓨터 게임을 더 많이 한다. 술을 많이 마시거나 해야 할 일 목록을 만들거나, 청소기를 돌리거나, 망가진 물건을 수리하거나, 목욕을 하거나(하지만 다행히 샤워는 다른 사람들만큼 자주 한다), 드라이어로 머리를 매만지는 일은 비교적 적다.

또 다른 양상들도 나타난다. 라벨에 적힌 단어에 주목하는 사람들은 여성이고 글을 더 많이 읽는 사람일 가능성이 높다. 물병의 감촉과 느낌에 흥미가 있는 사람들은 온갖 유형의 신체적 증상을 호소하는 경향이 있다. 또 물병의 표면에 대해 쓰는 사람들은 다른 사람들에게 벽을 세우는 것으로 보인다. 이들은 덜 싹싹하고 다른 사람들과 허심탄회한 대화를 잘 나누지 않으며, 중요한 감정적 격변을 겪으면 그에 대해 다른 사람들에게 말하지 않는 쪽을 선호한다."

《단어의 사생활》의 부제는 '우리는 모두, 단어 속에 자신의 흔적을 남긴다'입니다. 미국 사례이기는 하지만, 그래도 참고삼아 볼 필요는 있습니다. 우리의 관점은 지각 속에 나타나기도 하지만 무의식 속에서 발현되는 경우가 더 많다는 것을 인식할 수 있기 때문입니다.

관점
알기 ②

다음은 사마천이 쓴 《사기》의 '태사공자서'에 나오는 글입니다.

"지난날을 서술하여 미래에 희망을 걸어본 것입니다(故述往事 思來者). 하늘과 인간의 관계를 탐구하고 고금의 변화에 통달하여 일가의 말을 이루고자 했습니다(欲以

究天人之際 通古今之變 成一家之言)."

사마천이 《사기》를 쓴 연유를 밝혀 놓은 글인데, 이를 두고 연구한 《사기의 탄생 그 3천년의 역사》에 분서(憤書) 개념이 등장합니다.

"분서(憤書) : 참담한 고난을 당하며 가슴 속에 쌓인 울분을 저술이라는 창작활동으로 승화시키는 것을 분서라고 한다."

이에 대한 자세한 풀이를 보겠습니다.

〔사마천의 이 유명한 분서 이론은 《태사공자서》에도 보인다. 기존의 대부분의 학자들은 미학적 차원에서 분서 이론을 연구하였고, 그것을 사마천의 예술창작의 동력으로 간주하였다. 그러나 복수라는 시각에서 사마천의 분서를 연구하면 그 실질을 더욱 정확하게 파악할 수 있다. 근본적으로 사마천의 분서는 일종의 복수 정서라고 말할 수 있다. 따라서 여기서는 사마천의 분서 이론에 문화복수라는 새 개념을 도입하도록 한다. 문화복수란 복수의 정서를 문화적 학술활동의 내적 동력으로 삼고 문화학술에서의 성취를 통해 자신이 당했던 치욕을 보상받으려는 일종의 복수방식이다. 사마천의 논술을 통해서 볼 때, 문화복수는 아래와 같은 특징이 있다.

첫째, 문화복수의 동력은 종법복수 또는 사람복수와 대체로 비슷하다. 즉 인생살이에 수반되는 괴로움과 치욕(욕살이, 유배, 각종 형벌, 인생에 대한 실망)은 풀 수 없는 응어리로 사람들에게 다가온다. 이것이 곧 "마음속에 응어리가 있었지만, 그것을 토로할 방법이 없었다"는 말이다.

둘째, 이러한 '응어리'는 주체 내부의 본능적인 항쟁의식과 복수의 정서를 불러일으킨다. 따라서 고난이 임박했을 때의 개체는 자포자기하면서 침체되고 고민에 빠져 어떤 능력도 발휘하지 못하는 것이 아니라, 모든 고난과 치욕, 수심과 괴로움을 이겨내고 한층 드높은 열정과 자신감, 그리고 완강한 의지로 분발하고, 자신의 내적 잠재력을 발굴하여 굴욕을 최대한 참아내면서 어떠한 대가를 치르더라도 자신의 웅대한 목표를 실현한다.

셋째, 문화복수는 피를 흘리지 않는 비폭력적 복수 방식이다. 따라서 전체주의의 공포 속에서 선택할 수 있는 방법으로는 문화학술의 저술이 유일하다. 눈에는 눈이라는 차원에서 본다면 이런 복수방식은 피를 흘리는 복수처럼 통쾌하지는 않는다. 그럼에도 불구하고 거기에는 이 방식만의 장점이 내포되어 있다. 즉 문화복수는 즉각적인 복수를 중시하는 것이 아니라 미래 사회에 의한 가치평가를 기대한다. 사마천이 누차 강조했던 "지나간 일을 서술하여 뒤에 올 사람을 기다린다"는 말처럼.)

그래서 사마천의 복수 방식은 "복수의 대의를 이행하면서 유혈 행위는 아닌 동시에 심리적으로는 전제폭군을 초월하여 인생의 경지를 한층 승화시키는 복수 형식"이라고 말합니다.

관점(觀點)은 가치관일 것입니다. 글쓰기 관점의 시작은 사마천처럼 응어리를 풀려는 복수일지도 모릅니다. 맺힌 게 많으면 많을수록 많은 글을 쓸 수 있을 것입니다. 이는 개인적인 삶에 국한되는 것이 아니라 나 자신과 상호작용하는 세상을 향한 응어리일 수도 있습니다. 개인의 관점이 사회적 관점으로 나아가 진정한 공공의 이익을 위한 글쓰기도 하게 되는 것입니다.

마무리를 하기 전에 선생님께서 죽기 전에 꼭 쓰고 싶은 주제를 정해보시기 바랍니다.

누구나 꾸준히 글을 쓸 수 있는 방법을 연구하면서 많은 책을 보게 되었고, 도움이 될 만한 책 위주로 자료 구성을 하였고, 과도하게 인용하기도 했습니다. 책 뒤에 인용 도서 목록을 정리해 놓았으니 시간 나면 꼭 읽어보시기 바랍니다.

지금까지 읽고 쓰느라 수고하셨습니다. 글쓰기가 선생님의 삶에 힘이 된다는 점 꼭 명심하시고, 글쓰기를 친구 삼아 멋지고 행복한 삶 만들어 가시기 바랍니다.

모두 마치겠습니다. 감사합니다.

이 책은 글쓰기 수업용 교재입니다. 저와 함께하면 더욱 좋겠지만 그러지 못할 경우를 고려해 혼자서라도 할 수 있도록 꾸몄습니다. 이 책에 실린 실습 사항을 모두 실천에 옮기면 분명 글쓰기 실력이 늘어날 것입니다. 그런데 제가 제시한 방법들이 마음에 들지 않을 수도 있습니다. 그럼 이를 참고삼든 버리든 그것은 상관없습니다. 중요한 것은 무엇이든 쓰는 것입니다. 그 어떤 연유로 쓰기를 중단하면 글쓰기는 절대 늘지 않습니다.

지속적인 글쓰기 키포인트는 즐거움입니다. 글을 쓰려고 마음먹은 순간, 글을 쓰는 순간, 글을 쓰고 다시 고치는 순간들이 즐거워야 합니다. 그 즐거움은 여느 즐거움과는 분명 다릅니다. 고통스럽기도 하고 벅차기도 합니다. 그것 자체가 즐거움이면 금상첨화이지만 이 경지까지 가는 게 쉽지 않습니다. 그래도 딱 하나라도 즐거움의 요소를 부여잡고 꾸준히 쓰기 바랍니다. 글쓰기에서 이외에 다른 방법은 없습니다.

교재 성격이다 보니 인용 글들이 많습니다. 내 인식과 사고의 지평을 확대해준 저자 분들에게 진심으로 감사드립니다. 이 책을 내준 동연출판사 및 도움 준 모든 분에게 감사드립니다. 우리 모두 열심히 쓰는 인생을 살아요. 감사합니다.

도 움 받 은 책 들 ────────────────────────────

《150년 하버드 글쓰기 비법》, 송숙희 저, 유노북스, 2018년.

《Style문체》, 조셉 윌리엄스 저, 김영희, 류광현 역, 홍문관, 2010년.

《결론부터 써라》, 유세환 저, 미래의창, 2015년.

《공산당 선언》, 마르크스, 프리드리히 엥겔스 저, 이진우 역, 책세상, 2018년.

《글쓰기 생각쓰기》, 윌리엄 진서 저, 이한중 역, 돌베개, 2007년.

《글쓰기 치료》, Gillie Bolton, Stephanie Howlett, Colin Lago Jeannie K. Wright 편저, 김춘경, 이정희
　　공역, 학지사, 2012년.

《금강경》

《내 귀에 바벨 피시》, 데이비드 벨로스 저, 정해영, 이은경 역, 메멘토, 2014년.

《네루다의 우편배달부》, 안토니오 스카르메타 저, 우석균 역, 민음사, 2004년.

《논어》

《뇌, 생각의 출현》, 박문호 저, 휴머니스트, 2008년.

《단어의 사생활》, 제임스 W. 페니베이커 저, 김아영 역, 사이, 2016년.

《당신도 시를 쓸 수 있다》 이형기, 문학사상, 2000년.

《당신은 이미 소설을 쓰기 시작했다》, 이승우 저, 마음산책, 2006년.

《메밀꽃 필 무렵》, 이효석 저, 문학과지성사, 2007년.

《발터 벤야민의 공부법》, 권용선 저, 역사비평사, 2014년.

《백수산행기》, 김서정 저, 부키, 2009년.

《부분과 전체》, 베르너 하이젠베르크 저, 김용준 역, 지식산업사, 2005년.

《사기의 탄생 그 3천년의 역사》, 천퉁성 저, 장성철 역, 청계, 2006년.

《생명은 어떻게 작동하는가》, 박문호 저, 김영사, 2019년.

《식물계통학》, Michael G. Simpson 저, 월드사이언스, 2011년.

《신(新)유식학》, 고목 저, 밀양, 2007년.

《안나 카레니나》, 레프 톨스토이 저, 민음사, 2012년.

《어제의 세계》, 슈테판 츠바이크 저, 지식공작소, 2014년.

《언어와 인지》, 임혜원 저, 한국문화사, 2013년 02월.

《우리가 어느 별에서》, 정호승 저, 열림원, 2015년.

《은유로 본 기억의 역사》, 다우어 드라이스마 저, 정준형 역, 에코리브르, 2015년.

《은유와 마음》, 명법 저, 불광출판사, 2016년.

《은유와 환유》, 김욱동 저, 민음사, 1999년.

《은유의 세계》, 김종도 지, 한국문화사, 2004년.

《이상한 나라의 앨리스》, 루이스 캐롤 저, 비룡소, 2005년.

《인지언어학과 의미》, 김동환 저, 태학사, 2005년.

《자전적 스토리텔링의 모든 것》, 메리 카 저, 다른, 2016년.

《젊은 느티나무》, 강신재 저, 문학과지성사, 2007년.

《조화로운 삶》, 헬렌 니어링, 스콧 니어링 공저, 류시화 역, 보리, 2000년.

《중론송》, 나가르주나, 황산덕 역, 서문당, 1996년.

《지하 생활자의 수기》, 도스토옙스키 저, 문예출판사, 1998년.

《창세기》.

《창의적인 글쓰기의 모든 것》, 헤더 리치, 로버트 그레이엄 공저, 윤재원 역, 베이직북스, 2009년.

《코스모스》, 칼 세이건 저, 홍승수 역, 사이언스북스, 2006년.

《토지》, 박경리 저, 마로니에북스, 2012년.

《표상의 언어에서 추론의 언어로》, 이병덕 저, 성균관대학교출판부(SKKUP), 2017년.

쓰면 는다 – 글쓰기 업그레이드 실천법

2019년 6월 12일 초판 1쇄 인쇄
2019년 6월 19일 초판 1쇄 발행

지은이 | 김서정
펴낸이 | 김영호
펴낸곳 | 도서출판 동연
등 록 | 제1-1383호(1992. 6. 12)
주 소 | 서울시 마포구 월드컵로 163-3
전 화 | (02)335-2630
전 송 | (02)335-2640
이메일 | yh4321@gmail.com
블로그 | https://blog.naver.com/dong-yeon-press

ISBN 978-89-6447-513-3 03800